as mãos da minha mãe

karmele jaio

as mãos da minha mãe

romance

TRADUÇÃO
Fabiane Secches

6•9 ınstante

I

Vejo uma menina à beira da praia. Ela constrói uma parede de areia molhada, molda-a com as mãos até erguer a proa de um barco e senta lá dentro, diante das ondas brancas, com os pés à frente. Tem os pés enrugados, assim como as mãos. A água se aproxima dela, e uma onda ataca o lado esquerdo da proa, mas a menina levanta a parede outra vez e fica de joelhos, a alça do maiô caindo do ombro, pronta para enfrentar o ataque seguinte. Sabe que o mar vai acabar vencendo a batalha, e as ondas vão arrastar seu barco de areia como a língua toma um sorvete. Ainda assim, defende seu pequeno reino com unhas e dentes. Com mandíbulas cerradas.

O cheiro é de verão. Lembro-me da fragrância do protetor solar quando a mão da minha mãe deslizava por minhas costas. Meu pai caminhando na orla, e ela deitada na rede. Hoje, trinta anos depois de tirar esta fotografia, minha mãe também está deitada, embora não em uma rede de praia, mas em uma cama de hospital. E o calor tornou-se frio, o ocre da imagem ficou branco. É um branco quase violento, como o da cadeira em que estou sentada e de onde olho para as mãos da minha mãe, enquanto guardo na bolsa a fotografia antiga na qual uma menina se atreve a desafiar o mar.

Estão apoiadas sobre os lençóis, sem mexer um dedo, parecem mãos de pedra, como se o sangue em suas veias tivesse se transformado em água estagnada. Esconde com as mãos o nome do hospital estampado na vira do lençol, como se quisesse esconder onde está. Como se, mesmo dormindo, fizesse o possível para não preocupar ninguém. Esconde com as mãos a palavra *Ospitalea* estampada nos lençóis, como durante anos escondeu tantos suspiros e lágrimas, enxugando-as no avental da cozinha. Mas entre os dedos deixa exposta parte da palavra: *tale*. E acho engraçado, porque a palavra *tale* significa "conto" na língua do meu marido, e, desde que foi internada, minha mãe também vive uma espécie de conto.

Quando me aproximo dela, tenho a impressão de ver em seus olhos silhuetas de meninas brincando no pátio de uma escola e até mesmo de ouvir os gritos e as risadas delas. Quando abre os olhos, sorri para Xabier e para mim, mas não nos reconhece, embora sejamos seus filhos, embora um dia tenhamos nascido neste mesmo hospital, antes que fosse reformado. Ainda assim, sorri para nós, e seu sorriso alivia o peso que sentimos nos ombros desde que foi internada. Ao menos em parte.

Há mais de uma semana minha mãe está rodeada de lençóis brancos e azuis, e, se as coisas continuarem assim, vamos passar o Natal aqui, sem sair do hospital. Estamos sozinhas no quarto, e ela dorme. Dorme a maior parte do tempo, como os bebês. A cama junto à janela está vazia, e somente a tosse de outros quartos quebra este silêncio incômodo. Escuto minha respiração, também a de minha mãe, e não consigo me concentrar em nada além de olhar para suas mãos. Sou incapaz de ler duas linhas seguidas de uma revista nem consigo continuar a contemplar com tranquilidade as fotografias que trouxe para mostrar a ela, para recordá-la, tal como o médico pediu.

As veias de suas mãos parecem estradas sinuosas. São as mesmas mãos que levantam o queixo de uma menina numa foto em preto e branco. "Levante a cabeça, Nerea." Lembro-me das mãos da minha mãe no meu queixo, incentivando-me a olhar para a câmera.

Olho para a cama vazia perto da janela e vejo a imagem de uma menina e um menino pulando no colchão. Jogam almofadas e riem, riem sem parar. A sala enche-se de risos infantis, e, atrás deles, ouço a voz da minha mãe ao fundo, "não façam tanto barulho, os vizinhos vão subir", mas a menina e o menino continuam pulando e rindo, como se estivessem no pátio da escola. E me vejo rindo, pulando na cama. Meu irmão desaparece, assim como a voz distante de minha mãe. Pulo com força no colchão e fico no ar, pendurada no céu, como se asas tivessem crescido em minhas costas e um vento forte de repente me arrastasse janela afora.

Sobrevoo a cidade em busca de algo, como uma gaivota sobre o mar. Caminho por telhados vermelhos e chaminés fumegantes até chegar à janela entreaberta de uma casa. Entro e me encontro em uma sala de estar. Há uma televisão da marca Telefunken em frente e, sobre ela, uma fotografia emoldurada. Ali estão. Ao vê-las, descubro o que procurava. São as mãos da minha mãe. Mãos em preto e branco que levantam o queixo de uma menina que mal se atreve a olhar para a câmara. E de repente tudo fica preto e branco e ouço uma voz distante: "Nerea, pode fazer o favor de levantar a cabeça?". A voz me diz para olhar para o fotógrafo, por favor, e respiro fundo, sentindo o cheiro de alvejante e sabonete de Marselha das mãos da minha mãe no meu queixo.

Uma melodia vem da cozinha. Minha mãe escuta rádio enquanto remenda as meias de futebol do meu irmão, tendo os óculos na ponta do nariz. Fecho e abro os olhos e a vejo anotando em um caderno o que gastou com uma compra, "tomates cinco pesetas, ovos sete pesetas", deixando o lápis apontado com uma faca quase sem ponta. Eu a vejo em um quarto, sentada à beira da cama de uma menina, acariciando a testa dela e lhe sussurrando uma canção. Não vai parar até que a menina adormeça.

A melodia me assusta. Olho para minha mãe, deitada em sua cama de hospital, e atesto que não é ela que está cantando. Ela não abriu a boca. Permanece imóvel como a parede de uma igreja centenária. Mas ainda ouço a voz que sussurra uma canção de ninar. Não vai se calar até que a garota durma. E por um momento sinto as mãos da minha mãe acariciando minha testa, embora ainda estejam inertes sobre o lençol. Embora pareçam feitas de pedra.

E meus olhos seguem fixos em suas mãos. Olho para elas com tanta atenção que até chego a acreditar que seus dedos vão começar a falar a qualquer momento, que vou encontrar nas mãos da minha mãe a resposta para todas as perguntas que nunca fiz a ela, que vou poder ouvir os pensamentos que ela guardou por anos. Tudo isso apenas olhando atentamente para suas mãos. Olhando aquelas mesmas mãos que agora escondem a palavra *Ospitalea* estampada nos lençóis. Entre seus dedos, pode-se ler a palavra *tale*, "conto" na língua do meu marido, e não posso deixar de sorrir, tentando imaginar em que conto minha mãe está vivendo agora. Com o sorriso congelado, olho para a cama vazia perto da janela. Os lençóis estão bagunçados, como se alguém tivesse pulado sobre eles.

II

Não consigo me acostumar com o cheiro de purê e remédio em hospitais. Assim que sinto o cheiro, o mundo se torna frágil, e não ouso pisar com força naqueles longos corredores brancos, com medo de que desmoronem a qualquer momento. Por isso, ando quase na ponta dos pés, como se a superfície fosse de celofane. Como se a tivessem construído à noite com o embrulho dos buquês de flores que dão às mães de recém-nascidos.

Tão frágil quanto Maialen. Lembro-me de sentir esse mesmo cheiro, uma mistura de purê e remédio, quando fui levada às pressas em uma ambulância no oitavo mês de gravidez. Maialen estava com pressa de vir ao mundo. Havia lhe contado, com a mão na barriga, coisas demais sobre o mundo que a esperava, e ela nasceu querendo conhecê-lo um mês antes do previsto. Pressa. Não é à toa que o fez, depois de oito meses em que sentiu a mãe correndo de um lado para o outro. Na redação do jornal me perguntavam quando eu pretendia sair de licença-maternidade, e eu sempre respondia que ainda não, que era cedo, que ainda me sentia muito bem.

Oito meses e oito horas. Foi um trabalho de parto de oito horas, embora eu me lembre apenas de algumas imagens. A luz intensa em meu rosto e os dedos de látex das parteiras entrando em meu corpo. O suor e as vozes, "empurre agora, ânimo". Não me lembro de muito mais. Mal me lembro da presença de Lewis no parto. Ver Maialen pela primeira vez apagou quase tudo da minha memória. Ao ver parte do meu corpo se transformar em outro corpo, agora fora de mim, não chorei de emoção, como nos filmes, mas de exaustão, de dor. Chorei quando senti meu corpo vazio. Senti que aquelas luvas de látex haviam me esvaziado por dentro e, com a menina, haviam tomado parte da minha alma.

    Há oito dias entrei novamente neste hospital, depois de receber o telefonema de meu irmão. Não sei se já são nove, perdi a noção do tempo, mas o momento ficou gravado na memória. Caminho pela rua. A voz do outro lado do telefone atinge meu estômago. Minhas pernas param, fico paralisada no meio da calçada, como se um tronco recém-cortado tivesse caído na minha frente, como quando minha mãe quis me levar ao médico quando eu era criança e fiquei estagnada no meio do corredor. É a voz do meu irmão. "Encontraram a *ama* na rua, perdida como uma criança." Ele me disse isso com uma voz neutra e comedida, como se estivesse lendo um relatório profissional, como se temesse a abertura de um pântano de sentimentos estagnados por anos e preferisse que eles saíssem aos poucos, pelas fissuras. Depois da ligação de Xabier, ligo para Lewis e peço a ele para pegar a menina na *ikastola*. Que eu não vou conseguir, que depois explico melhor, que minha mãe está no hospital. "*Yes, in the hospital.*"

    Há oito dias, nove, não sei, cheguei a este hospital com o celular ainda na mão, segurando-o com força. Perguntei por Luisa Izagirre, e uma enfermeira mencionou a ala de neurologia. Parecia uma palavra muito pesada para mim. Neurologia. Meio quilo, pelo menos, ou uma libra, como dizem minha mãe e tia Dolores. E senti uma pedra de uma libra nos ombros ao reconhecer que havia algum tempo eu já pensava que algo acontecia ou poderia acontecer a minha mãe. Desde o instante em que vi meu rosto no espelho do banheiro do hospital, me reconheci como culpada. Culpada porque naquele momento eu não quis ver que um alerta vermelho me avisava que algo acontecia com ela. Mas não fiz nada. Tapei os ouvidos como uma criança faria, para não ouvir nada. Não quis ver os sinais, embora estivessem na minha frente. O medo me impediu de vê-los.

Durante a semana, lembrei-me seguidamente de algumas situações, como o dia em que minha mãe perdeu o fio da meada enquanto fritava croquetes em casa. Encontrei-a olhando para uma bolota de bechamel que segurava nas mãos, sem saber onde passá-la, se na farinha de rosca, no ovo ou na farinha de trigo.

— Na farinha de trigo, *ama*... — ousei dizer, baixinho.

E nem sei como me atrevi a dizer à minha mãe como se fazem croquetes. A uma Izagirre, a filha caçula dos Izagirre, os do restaurante. Ela olhou para mim, ainda segurando a bolota de bechamel nas mãos, e acho que, não tivesse começado a sair fumaça da frigideira, teria ficado assim para sempre. Não esqueci aquele olhar perdido. Ficou guardado na minha cabeça e agora me assombra. Ela sorriu para mim quando percebeu a situação, para esconder seu medo. Respondi com um sorriso, para que não notasse minha preocupação.

O alerta vermelho estava aceso desde então, mas, como uma criança, cobri os olhos com as mãos para não ver seu reflexo. E agora venho arrastando a palavra *neurologia* como castigo, do hospital para a redação do jornal, da redação para casa, de casa para o hospital, todos os dias, deixando atrás de mim o rastro escuro da culpa. Um rastro tão escuro quanto o azul da camisa dos pescadores.

Ando pelo corredor, quase na ponta dos pés, e chego ao quarto de minha mãe. Estou prestes a sair de novo, pensando que me enganei de quarto, encontrando ali duas mulheres desconhecidas, uma delas na cama ao lado da de minha mãe e outra em pé ao lado dela. Até ontem minha mãe estava sozinha no quarto, então fico surpresa ao encontrar outras pessoas ali. Além disso, também fico surpresa por não encontrar meu irmão, Xabier. Ele ia passar a noite lá.

As duas me cumprimentam ao mesmo tempo, como se fossem a mesma pessoa. Não há dúvida de que a mulher mais jovem é filha da internada. Tem o mesmo rosto, embora trinta anos mais jovem.

— Você é a filha? — me pergunta a mais nova, com claro sotaque galego.

Respondo que sim com a cabeça. Não quero fazer barulho. Minha mãe dorme, assim como Maialen dormia essa manhã. Vejo uma revista caída debaixo da cama e, com a desculpa de pegá-la, me aproximo dela, sorrindo com timidez para as duas mulheres.

A mais jovem fala comigo do outro lado do quarto, sem medo de acordar minha mãe. Ela me diz, antes que eu lhe pergunte qualquer coisa, que meu irmão Xabier foi embora de madrugada, que ela mesma lhe disse para ir.

— Para que dois passarem a noite em claro? Um é suficiente...

É uma pena, ela me diz. Uma pena o que aconteceu com minha mãe. E Xabier já lhe contou que, desde que nosso pai morreu, ela mora sozinha, e isso é triste... Ela mora com a mãe, agora está cuidando dela... Enche o quarto de palavras. Eu me afogo. Faz muito calor aqui. Eu tiraria a roupa e colocaria os pés descalços no piso branco. Aproximo a mão do cabelo da minha mãe, precisa de uma tintura, as raízes brancas já estão visíveis. Olho para sua boca. Está relaxada, algo incomum. Sempre me lembro daquela boca cerrada, dos lábios cerrados, dos maxilares cerrados. E me lembro dela sempre fazendo alguma coisa, nunca parada como agora. Acho que só a vi tão parada em fotografias, e agora mesmo parece fazer parte de uma delas.

No entanto, começa a se mexer, como se tivesse pressentido minha chegada. E abre os olhos. De repente. Quase me assustando. Eu me aproximo mais dela, minha mão no peito. Meu coração é um coelho saltitante. Ele pula sem parar, como se quisesse sair pela garganta. Ela olha para mim, e, por um momento, tenho a impressão de que me reconhece. Ela sorri, e digo: "*Ama, ama...*", quase sem abrir os lábios, mas ela não me responde. Apenas sorri para mim. Seu sorriso me lembra daquele que vi em alguma foto antiga, na qual está com todas as garotas que trabalhavam no restaurante Izaguirre. Ela me mostrou aquela foto várias vezes. Lá aparecem, ao lado de minha mãe, sua irmã Dolores, sua mãe, Petra, e sua tia Bittori. Preciso encontrar essa fotografia em casa e levar para ela, para que se lembre daquelas velhas histórias do restaurante Izaguirre que ela e tia Dolores tantas vezes nos contaram, para que se lembre de quem é.

Ela não me reconhece. Tiro a mão do peito e a levo para a mão dela. Ela a pega e a acaricia, do mesmo jeito que acariciava minha testa à noite, quando eu era criança e cantava para me fazer dormir. Sinto um aperto na garganta ao me lembrar daquelas notas, cantaroladas baixinho. Olho para a janela e vejo que a mais nova das duas mulheres está olhando para mim. Sinto como se estivesse nua no corredor de um supermercado. Eu gostaria de fechar uma cortina, baixar uma persiana.

A mais jovem volta a falar:

— Sua mãe deve ter tido sonhos muito bonitos hoje, porque ela sorriu enquanto dormia — ela me diz, acrescentando que ela mesma, no entanto, quase não pregou o olho, cuidando das duas. — Luisa, certo? O nome da sua mãe é Luisa, vi no relatório dela. O nome da minha mãe é Pilar, o meu também, mas me chamam de Pili.

Não sei o que ela diz, não escuto mais nada. Estou acostumada a fechar os ouvidos e fingir que escuto. A prática do jornalismo tem me ajudado muito a refinar a técnica, quando acho que já recebi informações suficientes, numa coletiva de imprensa, por exemplo, fecho os ouvidos e começo a pensar nas minhas coisas. Faço o mesmo com Pilar ou Pili, seja lá qual for o nome dela.

Mal posso esperar para que ela se cale. É como se essa mulher estivesse se empurrando para dentro da fotografia em preto e branco das mulheres do restaurante Izaguirre que tento recriar em minha mente. Sua voz, aguda como o som de uma gaita de foles, está se misturando em minha cabeça com a música que minha mãe cantava para mim à noite, e não aguento mais. Que se cale de uma vez. É tudo que peço. Que Pili se cale e minha mãe volte a falar, é tudo que eu gostaria.

No entanto, minha mãe não abre a boca. Olha nos meus olhos, mas em meio segundo seu olhar se perde novamente no espaço branco deste quarto de hospital, e sinto que estou perdendo mais do que um olhar da minha mãe. Sinto que algo está irremediavelmente escapando das minhas mãos, assim como a água escorre por entre os dedos.

E enquanto Pili continua falando, sua mãe, Pilar, não abre a boca. E também não sorri, como minha mãe. Apenas olha para a janela, agora cheia de pingos de chuva, em silêncio, como se também não estivesse ouvindo a chuva de palavras que sai da boca de sua filha. Como se também tivesse a cabeça dentro de uma fotografia em preto e branco.

A certa altura, no meio da enxurrada de palavras, uma frase se distingue. Apenas essa frase, entre todas as palavras, permanece na minha cabeça, como pepitas de ouro permanecem na peneira. Ela disse que minha mãe tem falado à noite. E por um momento não sei se estava falando da minha mãe ou da dela, mas pergunto sem pensar duas vezes.

— Tem falado? — digo a ela, ainda segurando a mão da minha mãe. E tento imaginar sua voz por um momento e é impossível me lembrar dela, como se não a ouvisse há séculos.

— Sim, tem falado, sim. Não sei se ela estava dormindo, acho que estava. Assim que seu irmão saiu, ela começou a falar e continuou chamando um nome. Como era? — ela se pergunta, olhando para o teto do quarto.

Eu pagaria para saber qual é o nome, para saber quem minha mãe chamou, mas não lhe pergunto. Sinto a língua como se fosse feita de algum metal pesado, não consigo perguntar a ela.

— Como era? — repete Pili, cobrindo os olhos com a palma da mão. — Como era?

Essa é a primeira vez que eu quero que ela fale. A primeira vez desde que a conheço. Meus ouvidos e olhos estão abertos.

E, quando menos espero, a mãe dela, Pilar, sem tirar os olhos da janela e sem mover um músculo do rosto, diz um nome:

— Germán.

Germán. O nome cai no quarto como uma pedra em um lago congelado.

— É isso mesmo, Germán — diz Pili. — Germán. Repetiu o nome muitas vezes. Esse Germán é seu pai, não é? Xabier me disse ontem que ele faleceu há alguns anos.

Não ouço mais nada. Apenas uma voz distante chega aos meus ouvidos, e, por um momento, suspeito que Pili só existe em meus sonhos e que sou eu quem está sonhando, não minha mãe, como ela diz. Quando ouço esse nome, o chão do hospital parece mais frágil e, mais do que nunca, como se fosse feito de celofane.

Olho para ela, mas não digo nada. Mais uma vez, minha língua parece feita de metal pesado. Não posso lhe dizer que o nome do meu pai não era Germán, mas Paulo, Paulo Etxebarria, e que ela deve ter inventado esse nome ou ouvido mal, que minha mãe nunca conheceu nenhum Germán. Penso em tudo isso, mas não lhe digo nada. Mordo o lábio e saio da sala em direção ao banheiro. Fumo um cigarro sentada no vaso sanitário.

III

"A maré ruim está chegando", disse o marinheiro ao capitão do *Urkiolamendi*. O capitão, mantendo os olhos no horizonte, não lhe respondeu. O jovem Germán, que estava a seu lado no convés, viu um abismo nos olhos do capitão, um profundo buraco negro, e, consciente de que o navio estava balançando cada vez mais, pensou no que havia deixado em terra, e a imagem da dança dominical na praça da cidade lhe veio à mente, e sentiu as mãos ásperas na cintura de uma jovem morena. O movimento foi além. As ondas atingiram o barco com ainda mais força, inclinando-o, transformando-o num peão. Em um momento, sentiu como se a água caísse sobre sua cabeça, como uma chuva salgada. Sem tempo para secar a água dos olhos, outra chuva caiu sobre ele. Com o gosto de sal nos lábios e mal conseguindo abrir os olhos, ouviu o grito do capitão: que se amarrassem com a corda, que se amarrassem ao barco com a corda, pelo amor de Deus. E, como se fosse um cordão umbilical ligando-o à vida, começou a amarrar a corda ao redor da cintura, mas naquele momento o golpe do mar foi mais forte que os anteriores, tum!, suas mãos soltaram-se da corda, e, como se uma mulher estivesse roubando o filho de outra, o mar carregou Germán para fora do *Urkiolamendi*. Germán não ouviu mais nada. Não ouviu os gritos do capitão chamando seu nome nem os latidos de Txiki vindos do convés. A última coisa que viu foi uma boia dançando sobre as ondas, e, quando a alcançou, tudo ficou escuro.

IV

Acordei com uma terrível dor de cabeça, como se, no lugar do cérebro, eu tivesse dentro da cabeça um novelo de lã emaranhado. Sonhei. Tenho sonhado muito. Tento me lembrar do que sonhei ao calçar os chinelos, sentada na cama, mas não consigo. Imagino um grande ponto de interrogação acima da minha cabeça, como os dos desenhos animados que Maialen vê. Lewis, agarrado ao travesseiro, me diz algo, mas não o entendo, não porque ele o esteja dizendo em inglês, mas porque mal abre os lábios, selados pelo sono. Fico olhando para ele, esperando que repita o que tem tentado dizer, mas Lewis fica em silêncio e, depois de assumir o pedaço quente da cama que acabo de desocupar, adormece novamente. Mas duvido que ele tenha de fato despertado em algum momento. Já invadiu o meu lado da cama. Deve ser o imperialismo britânico em suas veias. Às vezes, acho que está apenas esperando que eu me levante para vir para o meu lado.

Ponho o café no fogo e vou para o quarto de Maialen, como faço todas as manhãs. Ela dorme. Debaixo de sua cama, caído, está um livro. Eu me inclino e vejo que é *Alice no País das Maravilhas*. Lewis leu para ela à noite. Uma página se dobrou quando o livro caiu no chão. Passei a mão sobre a página, alisando-a, e observei a ilustração. Alice olha para o gato no alto da árvore e pergunta:

— Poderia me dizer, por favor, que caminho devo tomar para ir embora daqui?

— Depende bastante de para onde quer ir — respondeu o Gato.

— Não me importa muito para onde — disse Alice.
— Então não importa que caminho tome — disse o Gato.

A conversa de Alice me soa familiar, como algo que já sonhei. Também acordei como se estivesse esperando por uma resposta. Mas não lembro a quem ou o que eu perguntava. Enquanto tento descobrir, olho para o gato, observo como ele sorri. Até que o cheiro do café chega até mim. Deixo o livro na mesa de cabeceira e vou para a cozinha. O cheiro do café impregnou toda a casa. Gosto disso.

Entre goles de café, não consigo tirar o gato da cabeça. E o sorriso dele. Ele diz para Alice que, se não sabe aonde quer chegar, não importa o caminho que tome. A verdade é que não sei por que estou aqui pensando no que o gato diz com tudo que tenho para fazer hoje. A culpa é do Lewis. Quase todas as noites ele lê para Maialen um capítulo da história de Alice enquanto ela espera que eu volte do trabalho. Eu deveria pedir a ele para variar um pouco e não lhe contar sempre a mesma velha história, antes que Alice enlouqueça a todos, mas sei o que ele vai argumentar. Vai dizer que, em Oxford, sua mãe lia a história de Alice para ele todas as noites e que ele deseja que Maialen acabe aprendendo a história tão bem quanto ele. Além disso, é difícil controlar o que ele faz ou deixa de fazer à noite quando coloca Maialen na cama, pois quase sempre ainda estou no jornal, terminando uma matéria, escrevendo alguma legenda de fotos pendente, esperando as últimas notícias da agência.

Assim como ontem. Também cheguei tarde em casa. Maialen já estava dormindo, como tantas vezes aconteceu. Depois de passar a manhã inteira no hospital, foi hora de cuidar do fechamento do jornal. Lewis abriu a porta para mim antes que eu pudesse colocar a chave na fechadura. Quando o vi ali, esperando por mim, tão rígido e educado junto à porta, ele me fez pensar em um mordomo inglês. Os anos vividos fora de seu país não apagaram sua alma inglesa. Às vezes, quando passo por ele, tenho até a impressão de sentir cheiro de chá e de biscoitos amanteigados.

Abri a porta do quarto de Maialen e, pela fresta, pude vê-la dormindo tranquilamente. E não pude deixar de lembrar de minha mãe, também adormecida no hospital. Sempre que chego tarde do trabalho, peço a Lewis o relatório do dia, quero saber o que Maialen fez, o que disse. E, sempre que Lewis começa a me contar sobre Maialen isso e Maialen aquilo, eu me pergunto como daria conta se Lewis não trabalhasse em casa nas suas traduções. Se, como eu, ele trabalhasse fora. Pergunto-me o que aconteceria se Lewis também chegasse tarde do trabalho, como faço todos os dias. E um arrepio se apodera de mim. É por essa razão que evito pensar nisso.

Tenho inveja de Lewis. Trabalhar em casa permite que ele passe mais tempo com Maialen, que lhe conte histórias à noite. Mas ele me diz que preferiria trabalhar fora, que sair de casa também é um alívio. Ele me diz isso em inglês, *a relief*, e o repete em espanhol, com aquele sotaque do qual nunca se livrará. Pronuncia apenas uma palavra sem sotaque inglês: Maialen. Não há tradução para ela em sua cabeça.

Sempre falamos em inglês um com o outro, desde o dia em que nos conhecemos, quando passei um ano em Oxford estudando, mas Lewis fala cada vez mais espanhol e até um pouco mais de basco. Este ano, começou a ter aulas no *euskaltegi*, ainda que quase obrigado, é verdade. Usei a desculpa de que ele não entenderia as tarefas de casa que Maialen trouxesse da *ikastola*, embora tenha sido difícil convencê-lo. Não sei se ele alguma vez entenderá o esforço de tantas pessoas para evitar que uma língua morra. É difícil entender quando seu idioma é falado no mundo todo. É difícil entender como uma língua pode ser tão frágil quanto um bebê recém-nascido, que precisa de proteção, assim como sua filha.

Muitas vezes ainda dou risada quando ele pronuncia errado uma palavra. Talvez o faça porque ainda não esqueci como ele ria de nós em Oxford sempre que minha amiga Maite e eu falávamos inglês. Lembro-me de ele nos dizer que, além de bebermos cerveja como meninos, tínhamos um sotaque engraçado ao falarmos inglês. E riu depois. Lewis riu com seus lábios molhados de espuma de cerveja. Quando viu Maite e a mim pela primeira vez em um *pub* em Oxford, ficou surpreso com nossa maneira de beber. Quando já nos conhecia, confessou que aquela foi a primeira vez que viu duas mulheres bebendo tanto e que, em vez de dançar ou gritar, ficavam sentadas no banco do *pub*, apoiadas no balcão, segurando a caneca de cerveja em uma das mãos e o cigarro na outra. Como os homens, disse Lewis, como os homens ingleses. *Like English men.*

Enquanto eu tentava digerir o estereótipo das mulheres que o garoto loiro gravara em sua mente, Maite tentou explicar a Lewis que estávamos mais treinadas que as garotas de lá, que tínhamos visitado muitas *txosna*, como se Lewis soubesse o que era *txosna*. Posso dizer que conheci Lewis graças à Maite, pois ela o provocou a se aproximar de nós naquela noite no *pub*.

Pensei muitas vezes nisso. Se Maite não tivesse ido comigo para Oxford, eu não teria conseguido enfrentar um ano tão difícil. Tomei a decisão de ir para lá depois do desaparecimento de Carlos. Depois de quatro anos juntos, ele desapareceu da noite para o dia. Desapareceu da cidade e da vida cotidiana. Fui para Oxford com a intenção de apagar um rosto amargo, um reflexo do vazio que sentia dentro de mim. E lá percebi que a ferida que pretendia fechar com a espuma da cerveja dos *pubs* ingleses era mais profunda do que eu pensava. Percebi que era uma daquelas feridas que, quando parecem cicatrizadas, reabrem simplesmente ao ouvir uma canção ou ao se recordar de um cheiro.

Saía com Carlos desde os dezessete anos, e ele desapareceu faltando poucas semanas para seu vigésimo segundo aniversário. Não deu explicação alguma a ninguém, como tampouco deram os outros dois jovens do bairro que desapareceram com ele. A situação política da época o engoliu, e o levou, como um ralo de pia leva água, para algum lugar escuro e misterioso, para outro mundo. Ele pulou e caiu em um buraco até aparecer em um novo mundo, assim como Alice, um mundo que tentei imaginar mil vezes. Com exceção de

Beltza, sua cachorra, e a polícia, ninguém mais me perguntou nada sobre ele. Apareceram em minha casa e me fizeram mil perguntas para tentar descobrir onde Carlos estava. Mas nunca o encontraram. Não como eu, que o encontrava todas as noites nos mais horríveis pesadelos.

Cheguei a Oxford com o nome de Carlos tatuado na mente. Às vezes, penso que, se não tivesse fugido para o exterior, eu ainda estaria esperando por Carlos, sócia de um clube de viúvas. Os pesadelos sobre Carlos viajaram comigo para Oxford. Também ali ele aparecia em meus sonhos com uma arma na mão, com fumaça ou com fogo ao seu redor. Às vezes, parecia suar, fugindo da polícia, correndo, ferido pelo mato; outras vezes, escondido atrás de óculos escuros na multidão de uma grande cidade. Certa vez até sonhei que ele apareceu na porta do nosso apartamento em Oxford e me pediu para deixá-lo dormir ali por uma noite, apenas por uma noite, que depois disso eu me livraria dele, que nunca mais o veria. Acordei suando, assustada. Maite tentou me tranquilizar passando a mão sobre minha testa suada, sem saber o que dizer. Sei que ela fez de tudo para me ajudar a esquecer Carlos de uma vez por todas, para fazê-lo sair da minha cabeça.

E, de certa maneira, ela conseguiu, fazendo-me conhecer o garoto que anos depois se tornaria o pai de minha filha. E foi um desses *irrintzi* que Maite gostava tanto de bradar que provocou a primeira abordagem de Lewis. Aconteceu na noite em que estávamos contando o número de copos que havíamos bebido. Maite não aguentava mais e, em um desses momentos, bradou um *irrintzi* naquele *pub* escuro em Oxford. Todos os clientes que até então estavam com os olhos semiabertos abriram-nos de repente ao ouvi-lo, assustados, como se um pássaro exótico tivesse entrado no *pub* escuro, batendo violentamente as asas. Pouco tempo depois, um garoto loiro alto se aproximou de nós, muito interessado em saber o que tinha acabado de ouvir, se era algo espontâneo ou um grito de guerra. Aquele garoto magro e loiro, que considerava muito exótico tudo o que lhe contávamos sobre nosso país, era Lewis. E hoje, vivendo aqui, continua olhando de longe, como se olha para um inseto africano na Europa. Acho que ainda não se acostumou a viver aqui. É que o pobre homem é inglês, e não há como mudar isso.

    Ontem, enquanto eu jantava e lhe contava o dia louco que havia tido, ele me olhava ansioso para saber tudo, como um prisioneiro engole as notícias de fora trazidas por aqueles que o visitam. Contei a ele que mal tinha conseguido comer, que havia corrido do hospital para a redação e que Xabier e eu tínhamos pensado em ligar para tia Dolores, na Alemanha, para dizer que a irmã estava no hospital. Que não a avisamos antes para não assustá-la nem apressar sua viagem. Ao falar com Lewis, senti meu coração palpitar nas têmporas. Isso acontece comigo quando fumo demais.

    Mal posso esperar para ver tia Dolores. Não a vejo desde o verão. Antes, ela vinha somente no Natal, mas, desde que nosso pai morreu, tio Sebastián e ela têm vindo mais. O rosto de minha mãe se iluminava diante da visão da irmã. Contavam uma para outra histórias de quando moravam no vilarejo, a maioria da época em que trabalhavam no restaurante da família. As famosas histórias do restaurante Izaguirre. As duas partiram do vilarejo assim que se casaram, deixando uma pequena cidade costeira para morar em duas cidades muito diferentes entre si, mas, afinal, cidades. Vendo como se entusiasmavam contando histórias de sua juventude, penso que talvez aqueles tenham sido os anos mais felizes da vida delas. Espero que ver a irmã ajude minha mãe a despertar novamente aquelas lembranças e abandonar de vez aquele tipo de sono em que está imersa.

    Liguei para ela esta manhã, logo após o café. Tia Dolores ficou assustada no início, como era de esperar, quando lhe contei que sua irmã estava no hospital, e ela me disse que, assim que pudesse, pegaria o primeiro avião para Bilbao; também quis saber por que não a tínhamos avisado antes. Tentei tranquilizá-la, como se não soubesse que tranquilizar tia Dolores é uma missão impossível. *Impossible job*, como diria Lewis.

V

Aeroportos são muito parecidos com hospitais. Aqui também há salas de espera, a maioria das pessoas estão pálidas, como no hospital, e as comissárias e os pilotos caminham com o mesmo gesto altivo de enfermeiros e médicos nos corredores do hospital.

O voo de Frankfurt está atrasado, disse a mulher no alto-falante, a mesma voz de todos os alto-falantes. A mesma voz que anunciava as ofertas no supermercado Tesco em Oxford e a mesma que chama os médicos no hospital.

Tento me lembrar do rosto de tia Dolores, e o que me vem à mente é o brilho de seus olhos pretos. Os mesmos que aparecem na fotografia que quero mostrar a minha mãe, a velha fotografia tirada na cozinha do restaurante Izaguirre na qual aparecem todas as mulheres que trabalhavam lá. Na foto, ela sorri, agarrada à minha mãe. Sua mão repousa no ombro da irmã, e a cabeça de minha mãe se inclina para ela. São duas, mas parecem uma, como se estivessem unidas por um fio fino e transparente. Como se as duas pertencessem ao mesmo corpo.

Sinto vontade de fumar, mas vontade alguma de procurar a área de fumantes. Quem vai saber em que canto do aeroporto ela está escondida. Devolvo à bolsa o maço de cigarros que havia tirado e, nesse momento, sinto alguém apoiar a mão no meu ombro.

— Tia!

Tento adivinhar de onde ela veio. Fiquei olhando o portão de desembarque o tempo todo e não a vi. Deve ter chegado voando. Minha tia é como a Sininho de Peter Pan, porém uns cinquenta anos mais velha. De lado, por um segundo, pareceu-me que envelhecera desde a última vez em que a vi, mas, assim que me olhou de frente e vi seus olhos pretos e brilhantes, percebi que continua tão jovem como sempre. Os olhos de tia Dolores nunca envelhecem, porque, em todos os anos vividos na Alemanha, manteve seus olhos aqui, esperando por ela. Porque só envelhecem os olhos daqueles que permanecem em sua terra natal, aqueles que veem como o lugar onde nasceram muda, como amigos e conhecidos envelhecem, tal como os olhos da minha mãe. Os olhos das pessoas que imigram permanecem em casa e, assim, longe do dono, dificilmente envelhecem, tal como os olhos de tia Dolores, que esperam por sua chegada desde que ela partiu para a Alemanha.

Nós nos abraçamos, e pequenas perguntas, uma após a outra, saem de nossos lábios: "E você? E você?", como se fossem fogos de artifício coloridos. Quando ela abriu os braços, pensei ter visto uma nuvem de pó dourado se espalhar pelo ar. O pó mágico da Sininho.

— Como ela está? — me perguntou, sem soltar a mão do meu ombro.

— Agora você vai ver — respondi.

— Trouxe as fotografias e tudo mais — disse ela, olhando a velha mala que trouxera consigo.

O médico recomendou que mostrássemos para minha mãe fotografias antigas ou qualquer coisa que a lembrasse quem é. Tia Dolores certamente trouxe a fotografia em que aparecem todas as mulheres que trabalharam no restaurante Izaguirre. Devo ter uma cópia em casa.

A cada passo, tia Dolores dá um pequeno salto, como que para zombar da gravidade da Terra. Ao sair do estacionamento do aeroporto, seus olhos pretos brilhantes fixam-se atentamente no exterior, como se buscassem algo familiar, algo que indique que chegou em casa. Mas ela só vê *outdoors* das mesmas empresas que anunciam na Alemanha. Por fim, atrás de uma grande placa da Ikea, pode ver um *caserío*, o que confirma que, sim, chegou a Euskadi. Então suspira.

Olho para ela e a vejo morder o lábio inferior. Seus olhos fecham e abrem rapidamente. Está nervosa. Está preocupada com a situação da irmã.

— Tem certeza de que não quer passar em casa, deixar sua mala, tomar um banho...?

— Não, vamos para o hospital — responde de maneira incisiva, sem tirar os olhos da estrada.

A velha mala de tia Dolores. De couro. Viaja sempre com a mesma mala. Ou com alguma parecida. Sempre que vinha no Natal com o tio Sebastián e a prima Igone, eu olhava para aquela mala de couro como se houvesse um tesouro lá dentro. E não estava muito desgastada, porque em uma mala como essa cabe uma vida inteira.

Pergunto sobre minha prima Igone. E, mais do que da filha, ela me fala diretamente do filho dela, de seu neto. Ele já frequenta a escola. É um menino muito esperto. Mas só fala alemão. Eu não o conheço, não vejo minha prima desde que se casou. Os olhos de minha tia ficam grandes quando fala do neto. É o que mantém ela e tio Sebastián, agora aposentado, por lá. Como se fosse uma âncora.

— Cuidado, você não está indo um pouco rápido?
— Calma, tia, sei o que estou fazendo.
— Sei, vai agir como seu pai. — Ela passou a se movimentar no banco, mantendo os olhos na estrada, como se estivesse dirigindo. — Não sei se sua mãe alguma vez contou... Quando seu pai tirou carteira de motorista, ele insistiu que tinha de levar sua mãe, na época namorada dele, e a mim de carro por toda a estrada costeira. E então também nos disse o que você acabou de dizer: "Calma, sei o que estou fazendo, já sei dirigir", enquanto rezávamos em cada curva, porque, para ser sincera, ele não parecia muito confiante ao conduzir o carro.

As mãos da minha tia se movem para cima e para baixo, sacudindo as pulseiras que usa, enquanto continua me dizendo que, quando minha mãe e meu pai se casaram, meu pai confessou a ela que também estava aterrorizado naquela primeira viagem de carro, que sentia que mal conseguia controlá-lo em cada curva e que, enquanto dizia a elas para ficarem calmas, cada vez que conseguia passar por uma sem cair penhasco abaixo, dizia a si mesmo: "Sobrevivemos a mais uma!", como se ele mesmo se espantasse por ter conseguido atravessar a curva em segurança, enquanto gotas de suor escorriam por sua testa.

— Acredita nisso? "Sobrevivemos a mais uma", ele pensava sem um pingo de vergonha enquanto nos dizia para ficarmos calmas, que já sabia dirigir.

Não consigo segurar a gargalhada com tia Dolores.

— Fique calma, tia, eu sei mesmo dirigir.

Ouvir a voz de tia Dolores me tranquiliza. Sempre contando histórias de outros tempos. Tia Dolores sempre encontra alguma história do passado para explicar o presente. Ao ouvir essas velhas histórias saídas de sua boca, a impressão é a de que o mundo não mudou nada nos últimos cem anos.

Ignorando os avisos de tia Dolores, mantenho a velocidade. Tive vontade de fumar, mas pensei que seria demais. Tenho certeza de que, se começasse a fumar, minha tia me diria que estou dirigindo com apenas uma das mãos, e ela decerto se lembraria de alguma história antiga de uma pessoa sem braço que vivia na cidade ou algo assim. Enquanto penso nisso, entramos numa curva fechada, e, assim que saímos dela, como se tivéssemos ensaiado, ambas gritamos:

— Sobrevivemos a mais uma!

E rimos de gargalhar. Como é bom rir com tia Dolores. É como um bálsamo. Um unguento eficaz para curar as feridas.

— Como isto mudou! — diz ela ao entrar no hospital.

Olha para cima e para baixo. Para a esquerda e para a direita. Muito rapidamente. Como pombos empoleirados nos telhados.

— Sabe quando foi que entrei neste hospital pela primeira vez? — me pergunta quando entra no elevador.

— Quando?

— No dia em que você nasceu. Já faz...
— Já faz muito tempo — eu a corto.

Sem tirar os olhos dos números, que continuam mudando conforme o elevador sobe, ela me diz que, depois de meu nascimento, minha mãe precisou passar bastante tempo no hospital. Não deve ter sido um parto muito fácil. Ela me diz que, comparado com o que tinha sido o de Xabier, tão simples, o meu foi complicado, parecia que eu não queria sair, como se tivesse medo de vir ao mundo. Como se o mundo me assustasse. Começou a me assustar bem cedo, conforme me conta.

Não sabia nada disso até agora. Minha mãe também escondeu isso de mim, como agora esconde a palavra *Ospitalea* estampada nos lençóis. Sempre tentando não preocupar os outros. Gostaria de saber quantas outras coisas ela guardou para si mesma.

Quando chegamos ao quarto de minha mãe, os sorrisos desaparecem de nossos lábios. Antes de entrar, tia Dolores esfrega as mãos, como se fosse levantar uma pedra pesada ou algo assim. Está nervosa.

Enfim entramos. Minha tia olha primeiro para as mulheres na cama ao lado da janela, e em seguida seu olhar escapa para a cama na qual Luisa, sua irmã, está deitada. Pela expressão em seu rosto, tenho a sensação de que tem dificuldade de reconhecê-la. Olhando para minha mãe, ainda sem se aproximar, ela sussurra seu nome, Luisa. Não me admira que quase não a tenha reconhecido. Minha mãe sempre ia ao cabeleireiro na véspera da visita de tia Dolores, e agora ela a vê descabelada, com aquela camisola, tantos dias no hospital...

Pili não aguenta ficar sem dizer nada. Cumprimenta minha tia, diz a ela para entrar sem se preocupar em acordar Luisa, que dormiu a manhã toda. Fala conosco como se estivéssemos entrando na sala de estar de sua casa.

Depois de me perguntar se ela é a tia da Alemanha, Pili não consegue conter suas perguntas. Quer saber onde ela mora na Alemanha, pois também tem parentes lá. Quando minha tia responde que mora em Frankfurt, ela nega com a cabeça.

— Não, meus tios moram em outra cidade... Não consigo lembrar o nome agora. Como é mesmo? — diz Pili.

E naquele momento sua mãe, Pilar, sem tirar o olhar da janela, diz:

— Hannover.

Ela o diz como se atirasse uma pedra, Hannover.

— Isso, Hannover, Hannover — repete Pili.

Ambas olhamos para Pili, hipnotizadas, desejando que a chuva de palavras que jorra de sua boca tenha fim, quando, de repente, de todas elas, resgatamos uma frase:

— Ela acordou.

Outra vez, palavras de ouro surgem por entre as pedras. Minha mãe acordou, tem os olhos bem abertos e olha para nós. Minha tia se aproxima devagar. Bem devagar. Parece que nos dois metros que as separam estão todos os quilômetros que existem de Frankfurt até aqui.

— Luisa! — diz ao chegar à beira da cama. Não fala mais nada e pega a mão da irmã. Disse o nome dela tão suavemente que sinto um arrepio dentro de mim que chega ao dedinho do pé.

Minha mãe a encara. Encara os olhos da minha tia, que a estavam esperando aqui. Ao ver as duas irmãs de mãos dadas me parece que o tempo parou, ou melhor, retrocedeu, como se as duas mulheres que vejo à minha frente tivessem saído daquela velha fotografia em preto e branco tirada na cozinha do restaurante Izaguirre só para se encontrarem anos depois em um quarto de hospital. E, por um momento, acho que as vejo em preto e branco, uma agarrada à outra. Unidas por um fino fio invisível como naquela época, como naquela foto antiga.

Minha mãe umedece os lábios com a língua. Estamos em silêncio. Engulo em seco e tenho a impressão de que todas na sala ouviram o som que saiu da minha garganta. E foi quando aconteceu. Minha mãe enfim falou. Finalmente ouvi a voz de minha mãe, aquela que pensava estar esquecida.

— Dolores — disse ela, sorrindo. E pensei que, se pesassem essas sílabas, elas ultrapassariam um quilo. Pesariam mais de duas libras, como diria minha tia.

Ela a reconhece. Conhece a irmã. É a primeira pessoa que ela reconhece, e a primeira vez que posso ouvir sua voz desde que chegou ao hospital. Sinto que as veias da minha garganta vão estourar. "Dolores", disse ela. Uma palavra de duas libras. E me olhou, e então repeti meu nome mil vezes dentro de mim: "Nerea, Nerea, Nerea...", como se, repetindo meu nome, eu pudesse construir uma ponte até minha mãe, uma ponte de palavras para me aproximar dela. Mas ela não me diz nada, não me chama pelo nome, não me reconhece. E olha novamente para a minha tia.

— Dolores! — diz ela outra vez, e franze a testa, preocupada. — Mas onde você vai dormir hoje?

Ninguém fala nada. O silêncio é total. Minha mãe encara a parede à sua frente, perdida em seu sorriso. E novamente sinto que ela me escapou, como o fio de um balão de gás escapa das mãos.

Tia Dolores sai do quarto. Sai quase correndo e sem dizer nada. Aposto que não quer chorar na frente de ninguém. Pego a mão da minha mãe e naquele momento sinto que está se recuperando, que está voltando. É a primeira vez que ela me fala diretamente, embora pense que continua falando com tia Dolores.

— Quando vamos? — ela me pergunta.

— Aonde? — E minha pergunta é um gancho que busca tirar palavras da caverna escura na qual elas estão escondidas em minha mãe. Como se hibernassem.

— Ao farol — responde ela, como se não houvesse outra resposta possível.

E cai de novo sem forças, como se tivesse feito um grande esforço para dizer aquilo. Seu olhar se perde outra vez no branco da parede.

De fato sofre de uma confusão mental, e acho que ela repete o que ouve aqui e ali, sem sentido algum. Certeza que isso do farol ela ouviu de Pili, ainda que houvesse algo na maneira como ela o disse que me pareceu especial, diferente. Quando mencionou o farol, olhou para mim, e pensei ter visto em seus olhos o brilho dos olhos de tia Dolores.

    Não entendo as palavras de minha mãe, mas estou feliz de enfim escutá-las... É como se uma pequena passagem tivesse se aberto no muro que separava nossos mundos até aquele momento. E tenho certeza de que tia Dolores tem muito a ver com isso. É como se um raio de luz tivesse entrado através de uma fenda estreita na parede branca do hospital. É como se Sininho tivesse entrado no quarto e deixado seu rastro dourado no ar.

VI

— Posso saber quem está tirando as flores do vaso? Alguém pode me dizer quem é?

Bittori entrou gritando na cozinha do restaurante Izaguirre, segurando o vaso de flores do balcão. Luisa escondeu rapidamente sob o avental o romance que segurava. Bittori a proibiu estritamente de ler aqueles romances na cozinha. Ela deu de ombros, assim como Dolores, querendo mostrar que não sabiam nada sobre as flores, e começaram a descascar as batatas do monte sobre a mesa.

Bittori comprava flores da aldeã que vinha ao restaurante todas as quintas-feiras com acelgas, tomates... Então as colocava no vaso de vidro que ficava no balcão, convencida de que as flores conferiam classe ao restaurante. Mas, nos últimos tempos, algo estava acontecendo com as flores. A cada dois dias, faltava uma flor no buquê, e ela passou a desconfiar das meninas da cozinha.

Com raiva, Bittori deixou a cozinha com o vaso nos braços e o devolveu ao balcão, movendo e ajeitando o buquê para que não se notasse que faltavam flores. Quando viu que Bittori não estava mais na cozinha, Luisa suspirou aliviada e esperou pelo melhor momento para escapar até o farol, com a desculpa de ter que cuidar de alguns afazeres.

VII

A voz de Fidel. Tão desagradável quanto o cheiro da loção pós-barba que ele usa. Com o passar dos anos, sua voz se deteriorou, assim como ele.

— Como está sua mãe? — pergunta ele, aproximando-se da minha mesa.

Como sua voz e sua atitude mudaram desde que se tornou editor-chefe. Ele até anda de um jeito diferente pelo escritório do jornal: puxa o ar e parece que não o solta, que o armazena em seu interior, enquanto caminha de mesa em mesa, com a cabeça erguida, as sobrancelhas levantadas, como a maneira de andar dos professores ao aplicarem uma prova.

Eu me lembro perfeitamente do dia em que ele entrou neste jornal como estagiário, com a cabeça baixa, pronto para fazer o que mandassem. E agora anda como se estivesse a um metro do chão, fiscalizando se as pessoas trabalham e não perdem tempo. Mudou até o jeito de sentar na cadeira. Antes, apoiava somente parte do traseiro, pronto para se levantar a qualquer momento. Agora, seu corpo afunda na cadeira como um rei em seu trono.

Se eu não o conhecesse tão bem, apreciaria seu interesse pela situação de minha mãe. Mas o conheço o bastante para saber que a pergunta tem outra intenção. Ele quer me dizer que, por causa da minha mãe, estou me dedicando menos tempo do que deveria à redação.

— Bem — respondo. — Vai indo.

E, quando me ouço dizer "vai indo", me pergunto aonde minha mãe realmente está indo. Ontem ela esteve conosco por alguns minutos, recuperou a consciência, mas perdeu-se novamente, como um telefone fora de área. Perdeu-se em seu mundo. Na Terra do Nunca.

Estou neste jornal há mais de dez anos e, nesse tempo, trabalhei em todas as seções. Às vezes, acho que só preciso inventar o horóscopo para dizer que de fato passei por todas elas. Ainda bem que deixei a seção política há muito tempo. Nos anos em que cobri política, tinha pesadelos com o dia em que teria que escrever algo sobre Carlos. Sempre temi que me coubesse escrever a notícia de sua prisão ou coisa pior. Imaginei-me digitando na tela do computador: "Carlos Lizarribar, suposto autor do atentado..." ou "Carlos Lizarribar, um dos detidos na operação policial...". Só o fato de pensar nisso me arrepiava.

Agora escrevo na seção sociedade e às vezes tenho meus altos e baixos com Fidel em alguns assuntos, como quando ele quer me lembrar qual é a linha editorial da casa, mas a verdade é que escrevo muito mais calmamente do que antes, sabendo que não terei que escrever sobre Carlos. Em todo este tempo que tenho trabalhado no jornal, o último ano foi o que me senti mais humilhada profissionalmente, quase sempre graças a Fidel. Pelas mãos do azedo Fidel. Não posso esconder minha cara de rejeição quando o vejo se aproximar da minha mesa com uma folha em uma das mãos e uma caneta vermelha na outra. Cada vez propõe mais alterações em meus artigos, e a veia em meu pescoço salta quando lhe digo não, que não concordo com as alterações, e, quando Fidel responde: "Mas você sabe onde trabalha, não sabe?", tenho vontade de lhe dizer que ele deixou sua ética jornalística em um dos cinzeiros da mesa onde se reúne com a direção e que é por isso que ele hoje ocupa a posição que ocupa, porque sua ética jornalística, se é que alguma vez teve alguma, se transformou em cinzas. Fidel adaptou-se perfeitamente às leis que regem o jornalismo dos dias de hoje. Eu lhe diria tudo isso, mas permaneço sempre em silêncio, suportando as correções de sua caneta vermelha.

Hoje, no entanto, não posso ficar calada. Algo explode dentro de mim. Depois de me perguntar sobre minha mãe, recomendou que eu alterasse a manchete do artigo que escrevi sobre modelos linguísticos com base nos dados divulgados pela Secretaria da Educação. A alteração que me propõe modifica totalmente o sentido da reportagem, interpreta os dados quase de maneira oposta ao modo como são interpretados no meu texto.

— Não, isso não — respondo. — A manchete, não.

— Você sabe perfeitamente que não podemos publicar assim — responde, levantando as sobrancelhas e batendo com os dedos no topo da folha de papel que está segurando.

— Bem, então retire minha assinatura do artigo. Se quiser publicar assim, terá de ser sem minha... — O celular começa a tocar e me impede de terminar a frase. É tia Dolores. O médico quer se encontrar conosco, quer nos mostrar o último relatório sobre minha mãe.

Desligo o computador sob o olhar atento de Fidel. Eu lhe digo que preciso ir, sem dar mais explicações, e ele me segue até o elevador. Ao vê-lo assim, atrás de mim por toda a redação, me vem à mente o estereótipo das redações dos Estados Unidos no cinema. As pessoas andam de um lado para o outro pelos corredores, falando umas com as outras com papéis nas mãos, mas não se olham nos olhos. Mas aqui não é o *Wall Street Journal* nem o *Washington Post*. E a verdade é que nem eu, nem aquele que me segue temos pinta de artistas de Hollywood.

Ficamos parados em frente ao elevador, que não chega.

— Olha, Nerea, entendo que está passando por um momento difícil e, sei lá, se quiser tirar uma licença ou algo assim...

Quando ouço a palavra "licença", uma chama acende em meu estômago. Sei perfeitamente que sou uma pessoa bastante incômoda para Fidel nesta redação. Sou uma das poucas que o conhecem de seu tempo como estagiário e acho que às vezes, quando ele olha para mim, vê no reflexo dos meus olhos o estagiário do qual não quer se lembrar. E não gosta disso. Aproveitaria qualquer oportunidade para me tirar do caminho. Uma licença. Qualquer oportunidade para não me ver por aqui.

Entro no elevador, olho para ele e lembro que não quero ver minha assinatura no artigo sobre modelos linguísticos.

— Assine "agências" e mude o que quiser, mas não quero ver minha assinatura nesse artigo amanhã — digo de maneira decisiva. E acho que, se eu tivesse levantado o dedo quando o disse, teria soado ainda mais convincente, mais autoritária. Mas não me atrevi a ir tão longe. Já lhe disse o suficiente. Há alguns meses, eu não teria ousado fazer nada disso. A verdade é que a situação da minha mãe está realmente me enervando.

Em dez minutos no carro, não consegui percorrer nem duzentos metros.

— Estou presa no trânsito — digo a Lewis ao telefone. — Vou direto para o hospital. Não sei a que horas chegarei em casa.

— Não se preocupe — responde ele. — Ligue se vier muito tarde. Quer que eu prepare algo para você jantar?

Toda vez que a luz vermelha de freio do carro da frente acende, mordo o lábio inferior e bufo com força. É só o que me faltava, chegar atrasada ao encontro com o médico.

Fidel reacendeu algo que havia muito se apagara dentro de mim. Às vezes me pergunto o que estou fazendo nesse jornal, dando-lhe as melhores horas da minha vida, para que um sujeito medíocre como ele jogue no lixo todo o meu esforço. E, mesmo que Fidel não esteja por perto para estragar meu trabalho, percebo que invisto horas e horas da minha vida em artigos que apenas algumas pessoas lerão em profundidade. Emprego minhas forças em artigos com validade de poucas horas. Artigos que acabam secando um piso azulejado de cozinha recém-lavado ou enchendo uma lixeira de reciclagem de papel junto com embalagens de biscoitos. O trabalho de um dia inteiro, ou de vários dias, desperdiçado no dia seguinte. É um emprego muito frustrante. E nem mesmo sei se ainda gosto do que faço.

Apago o cigarro no cinzeiro do carro quando chego ao hospital. Com tanta fumaça, é como se uma nuvem tivesse se infiltrado lá dentro. Ao sair, tenho a impressão de que um rastro de fumaça branca me segue, como um véu de noiva. Mas não vejo pessoas aplaudindo à frente, festejando a noiva. Um homem entrando no hospital de muletas, uma mulher grávida saindo, um idoso apoiado no braço da filha... É o que meus olhos veem ao sair do carro.

— Ela não deve atrasar muito mais. — Ouço tia Dolores dizer ao médico quando entro pela porta do consultório.

O médico está sentado do outro lado de uma grande mesa branca. Ele aperta as mãos, apoia-as na mesa e diz "vamos lá" para começar sua apresentação. Não gosto das pessoas que dizem "vamos lá" antes de começar a falar, como se não houvesse nada até que falem, como se vivêssemos na escuridão até ouvirmos suas palavras esclarecedoras.

Mascara com terminologia científica aquilo que diz depois. Emprega palavras técnicas como se fossem luvas de boxe e começa a dar socos. A nos dar socos com força. Em poucas palavras, o médico nos diz que, antes de encontrarmos minha mãe perdida na rua, atordoada, certamente algo já estava acontecendo em sua cabeça, algo já estava acontecendo dentro dela e por fim explodiu naquele dia. E que é uma pena que não tenhamos notado nada antes, porque o quadro seria diferente se tivéssemos sido capazes de tratá-la desde o primeiro sintoma.

— O relógio de Luisa se atrasou de repente — diz ele. Utilizou essa metáfora quando ficou sem termos científicos. — Mas é preciso ter em mente que estamos falando de teoria e que cada caso evolui de maneira diferente. Precisamos ver como evolui...

Quatro, três, dois, um. Ele nos deixa nocauteadas.

Enquanto fala, move os óculos que está segurando de um lado para o outro. Às vezes os levanta, às vezes os abaixa... Como uma batuta. E, olhando para o maestro de jaleco branco à nossa frente, me vem à cabeça uma melodia. A canção que minha mãe cantava para mim na cama. E, em um só golpe, com o som do bumbo da orquestra, o mundo me põe de cabeça para baixo. Imagino minha mãe na cama, e agora sou eu quem canta para ela, quem acaricia sua testa. É como se, da noite para o dia, minha mãe se tornasse minha filha. Sinto meu corpo afundando um centímetro no chão, tão pesada é a carga que de repente sinto nas costas...

    Saímos do consultório e paramos no corredor. Não consigo esquecer as palavras do médico: se tivéssemos ficado sabendo antes, se tivéssemos notado algum sintoma antes... Eu já havia sentido algo diferente, mas não disse nada. Como uma criança, tapei os ouvidos com os dedos. E agora não posso deixar de sentir o peso da culpa nos ombros. E levo-o comigo, do hospital para casa, de casa para a redação, deixando um rastro escuro ao longo do caminho. Mais escuro que o azul das camisas dos marinheiros.

— Quer um café? — pergunta minha tia, prestes a inserir uma moeda na máquina de bebidas no corredor.

— Um curto — respondo, sem olhar para ela.

    Enquanto bebemos nosso café, vejo Pili sair do quarto e não posso deixar de pensar em onde surgiu aquele nome, Germán. O café embrulha meu estômago. É mais amargo que o cheiro da loção pós-barba de Fidel. Atiro o copo de plástico meio cheio no lixo e digo oi para Pili, que passou por lá. Antes que ela comece a falar, tomo o caminho para a área de fumantes com o maço de cigarros na mão.

VIII

As seis mulheres sorriem para a câmera, olhando para cima, mostrando sorrisos em preto e branco. A fotografia é tirada de cima, como se o fotógrafo estivesse empoleirado na mesa da cozinha. Minha mãe, sua irmã, Dolores, sua mãe, Petra, sua tia, Bittori, e outras duas garotas que trabalhavam na cozinha são as protagonistas da fotografia tirada na cozinha do restaurante Izaguirre. No verso, podemos ler: "1951, Restaurante Izaguirre", escrito com tinta preta e letra de uma mulher, uma caligrafia esmerada e perfeita. Enfim a encontrei entre as fotografias que guardo em casa.

Foi tirada nos primeiros anos da empresa familiar, três anos depois de ter mudado de fábrica de limonada para restaurante. Refrigerantes Izaguirre. Esse era o nome da fábrica de limonada. Luis Izagirre, meu avô, costumava fazer limonada e distribuí-la com o vinho, que também armazenava ali, para toda a aldeia e até mesmo para os vilarejos e as localidades vizinhas. Muitos homens do vilarejo, a maioria pescadores, costumavam se encontrar à tarde na fábrica de refrigerantes para uma taça de vinho e um lanche, que eles traziam de casa. Alguns banquinhos, algumas mesas, e, pouco a pouco, o armazém se tornou uma espécie de taberna. Com o passar do tempo, decidiram montar uma pequena cozinha e passaram a oferecer lanches. E assim o lugar se tornou um restaurante. Passou de Refrigerantes Izaguirre para Restaurante Izaguirre. Entretanto, meu avô nunca deixou de fazer limonada nas máquinas na parte de trás da loja, junto do armazém.

Como um buquê de flores. É assim que as mulheres do restaurante Izaguirre aparecem na fotografia, formando um círculo. No meio de todas elas está a famosa tia Bittori. Parece a rainha da história de Alice, queixo bem levantado, o laço branco bem amarrado, o olhar desafiador para a câmera, como se dissesse "estou aqui" e "essas são minhas meninas". E de fato era ela quem mandava na cozinha, como minha mãe me contou tantas vezes. Assumiu o comando desde que voltou à vila depois de trabalhar na casa de um casal abastado em Bilbao. Voltou à aldeia bem mais velha, tarde demais para encontrar um homem e se casar. Por isso dedicou a vida inteiramente ao restaurante.

Atrás dela pode ser visto um rádio antigo entre tachos e panelas. Eu me lembro do caso que tia Dolores contou tantas vezes sobre o rádio e tia Bittori. É um clássico das reuniões de Natal. Tia Dolores diz que um dia entrou na cozinha e encontrou Bittori ouvindo rádio. Falavam sobre Franco. Bittori sempre deixava o rádio ligado na cozinha. Gostava muito de ouvir as pessoas falando espanhol. Então Dolores lhe pediu para contar o que estavam dizendo, e Bittori explicou que Franco devia estar indisposto, um pouco doente, porque diziam que ele estava de regime. Que falavam repetidamente sobre o regime de Franco. E então sussurrou ao seu ouvido que Franco certamente morreria logo, mas que não deveria dizer isso a ninguém, "porque nunca se sabe, até mesmo Lázaro se levantou da sepultura!".

Rimos muito sempre que Dolores conta essa anedota, embora a saibamos de cor. Minha mãe morria de rir todas as vezes que a ouvia e sempre pedia à irmã que a contasse.

Bittori está séria na foto, com expressão orgulhosa. "Aqui estou eu com minhas meninas." Os anos em que trabalhou como empregada em Bilbao lhe deram uma autoridade sobre as outras mulheres da cozinha, que nunca haviam deixado a vila na vida, e ela se dedicava a mostrar tudo o que havia aprendido nos anos em que passara na cidade. Se estrangeiros entrassem no restaurante, o que geralmente acontecia nos meses de verão, ela tiraria o avental e deixaria a cozinha para servi-los. Não importava se eram ingleses, franceses... Ela falava com todos em espanhol, bem devagar, pronunciando exageradamente cada sílaba: *"Tenéis bo-ni-to con to-ma-te"* [Tem atum com tomate]. Ela acreditava mesmo que estava falando em inglês ou francês e voltava para a cozinha de cabeça erguida, orgulhosa, como se dissesse com os olhos "o que vocês fariam se eu não estivesse aqui!". Minha mãe e tia Dolores a chamavam de "A filósofa da cozinha" porque ela adorava falar sobre os altos e baixos da vida e terminar cada frase com "que não chegaremos a ver".

Minha mãe e minha tia Dolores estão abraçadas na foto. Os olhos de Dolores são os mesmos que vi no aeroporto. Grandes, pretos e brilhantes. Suas sobrancelhas estão erguidas, e sua mão esquerda está ao redor do pescoço da irmã. Minha mãe sorri. Seus cabelos longos e pretos estão presos em uma trança. Essa foto de minha mãe me lembra uma das minhas que Carlos tirou em um acampamento no alto de Urkiola. Abraço Beltza e olho para a câmera sorrindo, assim como ela. Estamos de fato parecidas nessas fotos.

Estou prestes a tomar um gole do meu café com leite, sem tirar os olhos da velha fotografia, quando minha tia me surpreende por trás.

— Que garotas mais bonitas, hein? — diz ela.

Já está vestida. Pronta para sair de casa. Desde que chegou em nossa casa, não a vi de camisola ou pijama. Vejo-a entrar no quarto à noite vestida e sair de manhã vestida. Cheguei até a suspeitar que dorme de roupa de sair.

Eu me levanto para lhe servir o café. Ela pegou a fotografia entre as mãos e sentou. Olha para a imagem, como se fosse furá-la com os olhos.

— Foi por volta dessa época que sua mãe começou a servir as mesas no restaurante. Ela não gostava, preferia estar na cozinha e, acima de tudo, gostava de sair para outros afazeres. Gostava disso porque sempre aproveitava a oportunidade para ir ao farol ou a algum outro lugar onde pudesse ver o mar. Como ela dizia, para sentir o cheiro do mar. Mas, mesmo que não gostasse, Bittori a colocou para servir as mesas, para ver se conseguia finalmente se livrar do embaraço que ela parecia sentir ao se apresentar na frente das pessoas. "Vamos fazer você se livrar dessa timidez, garota", dizia. E foi assim que conheceu seu pai, servindo mesas. Paulo vinha muito ao restaurante, pelo menos uma ou duas vezes por semana, e todas nós sabíamos que era para ver Luisa. Bittori sabia disso muito bem e sempre mandava sua mãe para servir Paulo. Não apenas isso: cada vez que Paulo aparecia, pegava o vaso de flores do balcão e dizia a sua mãe para colocá-lo na mesa de Paulo. "E ao menos sorria para ele", pedia Bittori. Ela o aprovava para ficar com Luisa.

— *Amaaa!*

Maialen me chama de seu quarto.

— Não se preocupe, eu vou — diz minha tia.

E, alguns segundos depois, ouço risos de criança. Ela ri mais com tia Dolores do que com os desenhos animados. Tenho certeza de que ela está lhe contando histórias do passado.

É domingo. Gosto dos domingos nos quais não preciso trabalhar. E, quando faço plantão, torna-se o pior dia da semana. Enquanto estou na redação, não posso deixar de pensar que Maialen não tem que ir à escola e, se não fosse pelo trabalho, eu estaria com ela e Lewis aproveitando juntos um dia de folga. E hoje tenho folga.

Tomo o café da manhã e saio de casa para ir ao hospital. Ficarei lá até a hora do almoço, depois será a vez de tia Dolores. O que parecia ser um domingo tranquilo, no entanto, toma um rumo pior quando passo no jornaleiro para pegar os jornais. No carro, antes de dar partida no motor, procuro a matéria sobre modelos linguísticos, e a suposta tranquilidade do dia escapa através dos dutos dos ventiladores. A matéria foi publicada com minha assinatura, e a manchete, com a proposta por Fidel. Atiro os jornais no assoalho do carro e sigo para o hospital. Minha fúria pressiona fortemente o acelerador.

IX

Com a desculpa de ter algo para fazer na rua, a jovem Luisa subiu em sua bicicleta e, como já havia feito tantas vezes antes, escapou em direção ao farol. Com o olhar fixo no horizonte, os olhos cravados na linha fina onde o mar termina, respirou fundo. Então fechou os olhos, para sentir o cheiro do sal, do mar, com mais intensidade. O bater das ondas contra as rochas alcançou seus ouvidos, o som da água passando depois sobre a pedra. Inclinou a cabeça para trás e levou a mão ao peito, de onde tirou uma flor. Abriu os olhos, segurou a flor em seu nariz e, no momento em que o vento soprou mais forte, jogou-a na água. Depois chamou um nome, de frente para o nordeste. Olhava para o lugar onde pescava o *Urkiolamendi*.

X

Mesmo que eu não quisesse admitir, continuei esperando. Ainda estou esperando, consciente de que um dia tinha de acontecer, tinham que chegar notícias de Carlos. Mesmo que eu não quisesse admitir, sempre soube que esse dia chegaria. Porque os desaparecidos sempre acabam aparecendo. De uma forma ou de outra, aparecem. Porque o tempo, como o mar, acaba devolvendo tudo. Esperei todos esses anos, assim como a esposa do pescador esperou depois que o barco naufragou. Como essa mulher que deseja receber notícia, mas ao mesmo tempo não quer. E um dia chegam. Porque um dia surgem algumas roupas na praia, e essas roupas encerram todas as perguntas, porque a camisa que a maré trouxe é a de seu marido. Uma camisa azul-escura.

— Você precisa recolher essas folhas de jornal — me diz tia Dolores ao entrarmos no carro. Acordamos cedo para ir ao hospital, e, quando ela sentou, encontrou debaixo dos pés os jornais que eu jogara no assoalho no dia anterior.

— Sim, tia, mais tarde — respondo, acelerando ao mesmo tempo.

Também respondia assim à minha mãe quando eu era jovem. "Sim, *ama*, mais tarde", costumava dizer-lhe quando ela me pedia para limpar e arrumar meu quarto. Sou constantemente inundada de memórias de situações similares e, em todas elas, me pego respondendo a ela sem vontade, às vezes a ignorando, rebatendo com monossílabos e relutância. E agora dói. Agora que uma palavra sua mereceria toda a minha atenção, uma palavra apenas. Agora eu estaria disposta a fazer qualquer coisa que ela me pedisse para fazer.

Eu me pergunto onde ela está. Onde ficou a timidez da jovem que servia mesas no restaurante Izaguirre, onde ficou o calor da mão que à noite acariciava minha testa quando criança, onde ficou o riso da mulher ao ouvir as histórias que sua irmã contava no Natal. Onde ficaram? Vejo-os escondidas sob um lençol, em um espaço branco e embaçado.

Minha agenda está cheia de compromissos e atividades a fazer escritos em caneta azul. Duas coletivas de imprensa e uma reportagem que preciso concluir no fim de semana, entre outras coisas. Odeio os dias cheios de tinta azul na agenda, de horários, de anotações, de post-its amarelos colados em todos os lugares.

— E que tipo de coisa Lewis traduz? — minha tia me pergunta quando percebe que não estou conversando. Estou apenas olhando para a rua a caminho do hospital.

— Agora está traduzindo uma biografia, mas ele traduz de tudo. Às vezes, tem que traduzir textos técnicos, que são muito mais enfadonhos.

Com a pergunta, acho que minha tia quer averiguar se tudo vai bem com Lewis. Está interessada em tocar nesse assunto. Eles se veem na hora do jantar, e minha tia percebe que, todas as noites, Lewis termina seu jantar rapidamente e deixa a cozinha o mais rápido possível, com a desculpa de ter que continuar a trabalhar. Minha tia quer saber se é sempre assim ou se Lewis escapa porque ela está passando esses dias em casa. Acho que ela o vê como elusivo e deseja saber se os ingleses são assim ou se há um problema. Mas, quando chegamos ao hospital, logo abandonamos o assunto Lewis. Assim que entramos no quarto, Pili nos dá o relatório da noite. Que minha mãe dormiu bem e não falou durante o sono, como na outra noite.

— Mas ela já falou alguma noite? — pergunta tia Dolores, surpresa, e percebo meu erro. Eu deveria ter lhe contado.

Pili diz que sim e olha para mim, como se estivesse procurando uma explicação. Esclarece que já me disse que Luisa falou à noite enquanto sonhava. Ambas olham para mim, e naquele momento meu celular toca.

— Perdão — me desculpo e saio para o corredor.

Ao fechar a porta, a última coisa que ouço é a voz de Pili dizendo que minha mãe tem chamado alguém enquanto sonha, mas não consegue se lembrar do nome dele.

— Como era? — Ouço-a perguntar no momento de fechar a porta.

É Maite. Minha amiga Maite. Ao ouvir sua voz no telefone, tenho a impressão de que a luz que entra pela janela está ficando cada vez mais brilhante. Ela fica cada vez mais branca e ilumina uma grande planta de folhas verdes que decora o corredor. Folhas verdes, muito verdes. Por um momento elas me lembraram das flores do restaurante Izaguirre, aquelas que, segundo minha tia, Bittori costumava colocar no balcão. Maite me dá força. Assim como foi capaz de deixar todos de boca aberta com um *irrintzi* naquele *pub* de Oxford, ela é capaz de injetar energia em qualquer pessoa.

— Como você está, linda? — pergunta. Sempre me chama de "linda". Mais uma vez se oferece para ajudar em qualquer coisa, me diz para contar com ela para ficar no hospital por algumas horas, se for preciso, ou para qualquer outra coisa.

— Não se preocupe, Maite, tia Dolores está aqui.

— A da Alemanha?

— Sim, e estou tão grata por ela ter vindo. Você não sabe, mas *ama* a reconheceu. Disse o nome de minha tia quando a viu.

— É mesmo? Mas isso é um ótimo sinal, Nere! Você não sabe como fico feliz... E aí, como está seu dia? Podemos nos encontrar rapidinho? Para o almoço? Precisamos conversar.

— O que está acontecendo? Há algo errado? — A voz de Maite me deixa alerta. Há algo que deseja me dizer, e é algo importante. Se há uma coisa que Maite não sabe fazer é dissimular.

— Não, bem... Podemos nos encontrar?

— Tenho que ir a uma coletiva de imprensa no centro da cidade. Se quiser, podemos nos ver quando eu sair de lá.

Marcamos de nos encontrar para comer algo rápido. "Algo rápido", insisti com Maite, porque hoje tenho um dia muito corrido. Estou com o cronômetro ligado. Graças a Deus, Maialen come na *ikastola*, senão minha vida estaria ainda mais impossível do que já é.

Não vejo Maite há algum tempo. Falamos muito ao telefone, mas nos vemos pouco. A verdade é que é difícil encontrarmos tempo para nos ver. Mesmo com todas as horas do dia, não conseguimos achar uma brecha para tomar um café. Sua ligação me pôs em alerta. Algo está acontecendo. Talvez esteja com problemas com Iñaki e precise conversar. Eles não andam muito bem ultimamente. Desde que descobriram que não podem ter filhos, parece que não estão se entendendo. Desde então, Maite vem engordando, dominada pela ansiedade.

— E o Lewis, como está? — me pergunta ela, nós duas já sentadas à mesa do restaurante.

Hoje todos parecem estar obcecados em me perguntar de Lewis.

— Bem, está bem. Em casa, você sabe.
— Sim, e você?
— Bem, não vou mentir para você. Minha vida está meio bagunçada. Um terreno de areias movediças.

Confesso a ela que, desde que minha mãe foi hospitalizada, tive poucas oportunidades de falar com alguém e não consigo me livrar dos espinhos que me perfuram por dentro.

— Não sei, Maite. Às vezes eu gostaria de parar o relógio, parar o mundo por um momento, para ser capaz de respirar e pensar. Só para respirar e pensar. Não tenho tempo suficiente no dia para tudo que preciso fazer. Vou da redação para o hospital, do hospital para a redação. E, quando chego em casa, já estou derrotada, exausta, como se estivesse vazia. E muitas vezes, quando chego, Maialen já está dormindo, e quando isso acontece sinto que perdi um pedaço importante da minha vida, que a estou desperdiçando. Sinto que alguém roubou uma parte de mim que me pertence. Não sei, antes também andava muito sobrecarregada e com pouco tempo, mas desde a internação da minha mãe meu mundo está de ponta-cabeça. De repente, tudo é complicado, Maite...

Tiro um cigarro do maço e o acendo. Solto a fumaça com força. Maite me encara com um olhar de compaixão.

— ... e Lewis, não sei o que tem acontecido com a gente ultimamente. Dizemos quatro coisas um para o outro à noite, antes de irmos para a cama. Contamos um ao outro o que fizemos durante o dia, e nada mais. Não há nada mais. Passamos o dia separados e, quando estamos juntos, parece que não temos nada a dizer um ao outro. E assim os dias se passam.

— Calma, Nere. Isso é normal, não é uma situação fácil. Você vai ver como tudo isso vai se resolver quando sua mãe voltar para casa.

— Para casa? Qual casa? Essa é outra. A dela? A nossa? Aonde irá quando sair do hospital? — As perguntas me vêm com a urgência de um espirro.

Eu me preocupo com o que vai acontecer quando minha mãe sair do hospital. Trago a fumaça com força e a sopro novamente. Maite me olha com a testa franzida, como se um fio invisível estivesse puxando sua pele. O garçom traz dois pê-efes. Apago o cigarro no cinzeiro e depois passo a mão na testa. Minhas mãos cheiram a cigarro. Por um momento, a imagem dos dedos amarelados de um fumante idoso me vem à mente. E isso me dá nojo. Estou enojada.

— Só tenho vinte e cinco minutos — aviso Maite, olhando para o relógio.

Espero que ela vá direto ao assunto e me diga o que tem tentado me dizer desde que nos encontramos. Mas Maite parece não perceber a dica e continua a dar voltas.

— Você não vai comer as batatas? — me pergunta com o garfo na mão. Ela o levanta e me faz recordar Netuno com seu tridente, prestes a enfiá-lo em minhas batatas fritas. E continua falando com a boca cheia: — Bem, a verdade é que Lewis também nunca foi um grande falador, né?

Ela não tem intenção de ir direto ao assunto, o que é estranho, porque Maite é uma pessoa direta. Sempre chega ao assunto com a mesma precisão com que espetou o garfo em minhas batatas fritas. Hoje, no entanto, não consegue encontrar o caminho.

— Bom, Maite, e você, como está?

— Bem... — Ela faz uma tentativa de iniciar uma frase, mas cai em silêncio. Tem mesmo algum problema que lhe custa colocar para fora.

— E quanto a Iñaki? Está tudo bem com ele? Algum problema?

— Não. O problema não é Iñaki... O problema é Carlos.

Os músculos do meu rosto se contraem em um segundo. Uma grande onda me atinge por trás e me carrega, girando, pela espuma em direção à areia. Engulo água constantemente. Água salgada. Há muito tempo que ninguém pronunciava o nome de Carlos na minha presença. Carlos. Por que Maite está falando de Carlos agora? E, em um momento, eu entendi. O mar enfim trouxe o rastro de Carlos para a costa. E lá estou eu querendo ver o que chegou e, ao mesmo tempo, não querendo vê-lo. Como a esposa do pescador.

— Queria ter falado antes, mas não sabia como começar. Carlos está de volta. Estive pensando se te contava ou não, porque você já tem problemas suficientes com sua mãe, mas achei melhor te dizer, para que você não o encontre na rua e tenha um ataque cardíaco.

— Mas ele pode estar aqui? Por que veio? — A voz vem do meu estômago, profunda. Meus olhos parecem estar saindo das órbitas.

— Eu não sei bem como é, Nere, mas, pelo que ouvi, os mandados de prisão contra ele estão prescritos ou algo assim, porém não tenho certeza de nada.

O cigarro está prestes a queimar meus dedos. Os vinte e cinco minutos restantes já se passaram, mas não me importo, ainda estou no restaurante, incapaz de me mover. Vejo em minha mente uma cena de quinze anos atrás. O último dia em que vi Carlos. Estávamos em frente ao portão da casa de meus pais. Carlos me diz que não podemos nos ver no dia seguinte, que ele vai a Hendaia, ao dentista. E então ele me beija, um beijo trêmulo. Eu lhe digo para não ter medo, que, se uma visita ao dentista o deixa tão nervoso, nós estamos mal. "Ainda bem que você não precisa dar à luz", eu digo, "ou a humanidade acabaria". Digo essas coisas. Brincadeiras. Fico rindo. Coloco a chave na fechadura do portão e não olho para trás para ver Carlos se afastando pela rua encharcada de chuva. Não olho porque não sei que viagem Carlos começaria naquele momento, porque não sei que seria a última vez que o veria por muitos anos, porque não sei que o jovem caminhando pela rua se tornaria um fantasma que me assombraria por muito tempo. Carlos Lizarribar, presumido autor do ataque. Se eu soubesse, teria corrido atrás dele e, agarrando-o pelo colarinho, implorado que não o fizesse, que não fosse embora, que não iniciasse uma viagem sem retorno.

A partir daquele dia, minha vida mudou completamente. Tensão, medo, a testa enrugada o tempo todo. Eis que o tempo passou e conheci Lewis, e minha vida começou a se normalizar. Mas mesmo com Lewis, durante todos esses anos, não consegui tirar da cabeça a preocupação com Carlos, a dor, a raiva, o vazio que me deixou.

Por que ele não disse nada? Nem mesmo me deu a chance de dizer adeus. "Não seja medroso." Essas foram as últimas palavras que eu lhe disse, pensando que ele iria ao dentista. "Não seja medroso." Uma frase que me apareceu em mil pesadelos. Não é daquelas frases que ficam para a história e são ditas nos filmes. Nos momentos mais importantes de nossa vida, pronunciamos frases como essa.

Carlos sempre esteve em minha cabeça, como uma grande preocupação. Nos momentos-chave da vida, sempre me lembrei dele e perguntei se recebia notícias minhas. Ele sabe que sou casada? Sabe que me tornei mãe? Sabe...? E, embora seja difícil admitir, sempre que tive que tomar uma decisão importante nos últimos anos pensei em qual seria a opinião de Carlos.

— Você tem que ir trabalhar, não é mesmo? Você vai se atrasar. — Maite me faz sair do devaneio.

— Quem já viu Carlos? Iñaki? Falou com ele? — pergunto.

— Acho que duas palavras. — Maite suspira. — Duas palavras depois de quinze anos.

Aperto o maço de cigarros vazio firmemente entre os dedos. Gostaria de saber se Carlos perguntou por mim. Gostaria de saber, mas ao mesmo tempo não quero saber.

Deixamos o restaurante. Atiro no lixo a bola que fiz com o maço de cigarros. Tropeço na esquina e caio na calçada.

— Merda — murmuro, e me lembro do que a sábia Bittori costumava dizer a tia Dolores. Que nunca se pode estar calmo, que tudo é possível, que até Lázaro se levantou da cova. Como ela estava certa!

XI

Posso ver de longe Fidel em seu aquário de vidro falando ao telefone. Eu estava pensando em ir a seu escritório, mas vou esperar até que desligue. Não quero ficar ao lado dele, esperando, ouvindo suas palavras vazias. Prefiro entrar de uma vez, com força, e não amolecer pouco a pouco em contato com sua voz.

Deixo o caderno e o gravador sobre a mesa e ligo o computador. Soa um *blooom*. Quem me dera poder ligar e desligar minha mente dessa maneira. Desligá-la quando se torna ofuscada pela repetição constante das mesmas imagens, uma após a outra, como uma apresentação de slides. Teria o prazer de desligar minha mente para evitar ver a imagem do olhar perdido de minha mãe, a de Fidel em seu aquário com o telefone no ouvido, a de Carlos. A imagem de Carlos tem se intrometido entre as outras que me atormentavam até então. A imagem dele invade as demais, encharca-as, como a água encharca e enruga um jornal.

Sempre soube que chegaria o dia em que teria notícias dele, mas chegou na pior hora possível. Não quero vê-lo. Não agora. E, embora não queira vê-lo, não consigo me livrar de mil perguntas que me rondam: como ele está, que aspecto tem, envelheceu depois de tantos anos de fuga, há uma mulher ao seu lado, será que deseja me ver, será que deseja ver a garota que deixou no portão da casa dos pais numa tarde chuvosa de outono, aquela que o chamava de "medroso"?

A vida de Carlos foi ligada novamente, como um computador, em minha mente. Fez um *blooom*. Após tantos anos desligado ou em repouso, foi ligado novamente, embora talvez com um software ultrapassado.

Eu me lembro dos seus olhos. Do tremor de seu olhar numa noite de verão, quando nos beijamos pela primeira vez. Não entendo como aquele menino tímido, quase incapaz de me dar um beijo, se tornou ao longo dos anos um fantasma, que me assusta e a quem tenho medo de ver. Eu me lembro de suas mãos. Elas suavam. Quanto suor deve ter passado por aquelas mãos desde que ele desapareceu. Quanto suor frio. Acho que ouço sua voz, naquela noite de verão, mas estou errada. É outra voz que chega aos meus ouvidos. É a voz de Fidel, que passa como um raio pelo corredor da redação em direção à rua. Diz que tem um compromisso.

— Santi fica no comando — nos lembra. — Pergunte a ele quanto espaço tem.

Sai correndo. E correndo também vão todas as palavras que eu tinha a dizer a ele. Voando, transformadas em gás.

O telefone. É tia Dolores. Estava esperando sua ligação, porque hoje o médico vinha ver minha mãe, mas, depois da notícia que Maite me deu, quase me esqueci.

— Como ela está?

— Bem. O médico nos diz para termos calma — minha tia tenta me confortar —, que ela precisa de tempo, mas que pouco a pouco vai reconhecer as pessoas. Que temos que ajudá-la juntas. Temos que ajudá-la a lembrar quem é.

Que temos que lembrá-la quem é. Essa última frase me pegou. Pergunto-me onde está minha mãe. Porque em algum lugar ela tem que estar, não pode ter desaparecido assim, de repente. Talvez esteja na cozinha do restaurante Izaguirre descascando batatas, com um romance escondido sob o avental; talvez esteja agora mesmo andando de carro com meu pai na estrada costeira ou segurando o queixo de uma menina tímida que não quer olhar para a câmera. "Pode fazer o favor de levantar a cabeça?" Ou talvez esteja em outro mundo, desconhecido para mim, chamando por um certo Germán.

Algo está acontecendo na editoria de política. De repente, há muito movimento. Telefones, teletipos, aparelhos de fax... Algo sério aconteceu. Ouço um colega que passa no corredor dizer a palavra "carro-bomba" e fecho instintivamente os olhos. Tapo os ouvidos. Não quero ouvir mais nada. Não quero saber onde isso aconteceu, contra quem ou se há vítimas. Não quero mais peso nas minhas costas, não quero mais imagens na minha mente. Há Carlos, Fidel, minha mãe... E, quando parece não haver espaço para mais nada, entram esse carro-bomba, essa fumaça, esse incêndio que imagino. Às vezes, eu gostaria de fugir para bem longe daqui.

Deixarei a redação mais cedo do que o planejado. A direção retirará as páginas do caderno de sociedade e as destinará ao de política para que possa dar cobertura suficiente às notícias da explosão. Fotos do carro destruído, um infográfico da cena, primeiras reações políticas. Precisarão de espaço para declarações da classe política. Para retomar as mesmas palavras de ontem, as mesmas palavras vãs de antigamente. Palavras vazias, ineficazes.

Enfim, meu texto de página inteira acabou se tornando uma nota, e saio mais cedo da redação. O peixe grande comeu o peixe pequeno. A grande notícia devorou todas as outras. Pego minha tia no hospital e, no caminho de casa, aguardo sua pergunta. Aguardo que me pergunte por que não lhe disse que minha mãe havia falado durante o sono, chamando um tal Germán.

— Temos que pensar para onde ela vai quando sair do hospital — me diz em um tom seco, rude e não habitual.

Temos que pensar onde minha mãe vai morar quando ela sair do hospital, isso é certo. Do jeito que está, não pode continuar morando sozinha. Enquanto estiver no hospital não há necessidade de me preocupar, em especial tendo Pili por lá, noite e dia. Ela é de grande ajuda para nós, mesmo que não pare de falar. A verdade é que a cada dia tenho a sensação de que sua voz está ficando mais doce.

Minha tia não me pergunta nada, então decido tocar no assunto:

— Queria ter te contado que *ama* tem falado durante o sono, mas me esqueci.

Ela faz que sim com a cabeça e nada diz.

— O que Pili lhe disse, tia?

— A mesma coisa que disse para você, que sua mãe falou durante o sono.

— Disse que ela chamou por um nome?

— Sim.

— E?

— E o quê?

— Disse que ela estava chamando por um tal Germán?

— Sim.

— E?

— E o quê? — me responde com raiva. Ela nunca havia falado assim comigo antes. Pensei ter ouvido um machado sendo cravado em um tronco. Ela cortou a conversa com um machado afiado.

— Pois eu gostaria de saber quem é esse Germán... — digo suavemente.

— Bem, é uma história muito longa, conto outro dia — ela responde sem tirar os olhos da rua.

— Tia... — eu lhe supliquei que falasse, e minha voz saiu a mesma de quando criança, ao lhe pedir que me mostrasse, por favor, o que ela tinha em sua velha mala de couro.

Estou surpresa. Tia Dolores está sempre pronta para falar e contar histórias, em especial se forem histórias do passado. São sua especialidade, assim como atum com tomate era a de Bittori no restaurante Izaguirre. No entanto, ela não me diz nada. Ela foge constantemente, como se tivesse medo de falar.

Passamos alguns minutos em silêncio, e, quando eu não esperava nenhuma outra palavra sair de sua boca, ela começa a falar. Seus olhos estão perdidos na estrada, e ela fala como se não estivesse no carro, como se estivesse falando de um lugar muito distante:

— É como quando você pinta um velho armário — diz isso e faz silêncio; não quero dizer nada para não interrompê-la, esperando para ver o que vem a seguir. — Imagine que está pintando um velho armário. Sobre a antiga camada de tinta branca, você aplica uma camada de tinta marrom, por exemplo. Então, com o passar do tempo, você esquecerá que há uma camada branca embaixo, você se acostumará com o marrom e acreditará que o armário sempre foi dessa cor. Mas, com o passar dos anos, a umidade, as mudanças de temperatura e os golpes no móvel, a camada marrom por fim se desprende em alguma parte, revelando a antiga camada branca. No início, você se surpreende, mas depois dirá a si mesma: "É verdade, o armário era mesmo branco...". Algo semelhante acontece com as pessoas. Ao longo dos anos, pintamos com camadas de tintas diferentes, uma sobre a outra, um acontecimento após o outro, e acabamos esquecendo a cor da primeira camada, ou pelo menos achamos que a esquecemos. Até que um dia a vida nos dá um golpe e, como ocorre com o armário, a camada mais superficial começa a descascar, pedaços de tinta seca caem no chão, e uma camada de outra cor se torna visível, a cor que um dia tivemos. E então nos lembramos, como fizemos com o armário, que a camada de baixo era branca. Nós tínhamos esquecido.

Sem dúvida, minha tia aprendeu muito com tia Bittori, que era chamada de "a filósofa da cozinha". Por um momento, pensei que estivesse ouvindo sua voz. Minha tia me diz que as cores originais de minha mãe permaneceram visíveis para ela e por isso pessoas e nomes de outra época apareceram agora em sua cabeça, pertencentes àquela camada de baixo escondida por muitos anos e que ela pensava ter esquecido. Como Germán. Ela baixa a voz ao mencionar Germán, como se entristecida de rememorar histórias antigas.

— Quem era? Um ex-namorado da *ama*? — pergunto.

— Sim. Você nunca soube, né?

Nego com a cabeça, e minha tia começa a bufar. Repete sem parar que não pode acreditar, que não pode acreditar como, depois de tantos anos, o nome de Germán reapareceu. Que minha mãe o manteve por todos esses anos guardado em seu interior sob alguma velha camada de tinta. "Depois de tantos anos...", repete sem parar.

Eu gostaria de ter feito mais mil perguntas, mas chegamos em casa, e, enquanto vou digerindo as informações, não tenho tempo para reagir. No elevador, tento imaginar minha mãe aos vinte e poucos anos, rindo, de mãos dadas com um rapaz de sua idade. Ele não é meu pai. E me sinto mal, como se minha mãe estivesse fazendo algo errado.

Encontramos Lewis sentado na beira da cama de Maialen, contando a ela a história de Alice. Alice acaba de aparecer em um mundo maravilhoso, estranho para ela, e está tentando aprender as leis de lá. Ela não pediu para estar ali, mas aconteceu, e terá que se acostumar com esse novo mundo.

— E Alice se pergunta se tudo voltará a ser o mesmo. Ela não entende nada do que acontece nesse novo mundo — diz Lewis para Maialen.

— E por que não sai do buraco? — pergunta Maialen.

— Ela gostaria, mas não sabe como — responde.

Acaricio o cabelo de Maialen e lhe digo que está na hora de dormir. Eu a beijo na testa e ela me pergunta sobre a avó:

— Quando *amama* vai chegar?

— Em breve. Estará aqui no Natal. Ele virá com Olentzero, você vai ver. E se prepare porque ela vai trazer um presente para você.

Beijo-a novamente na testa e apago a luz. Ao sair do quarto, beijo o pai, que, durante o jantar, me conta tudo que Maialen fez durante o dia. Depois do jantar, e enquanto Lewis escova os dentes no banheiro, sento em nossa cama com a caixa de fotos antigas na mão. Eu a tirei do fundo do armário. Quero selecionar algumas para levar à minha mãe no hospital. Olhando as fotografias em preto e branco, me pergunto se minha mãe ficou com alguma de Germán. Se manteve, deve tê-la guardado bem. Ao virar a caixa, a poeira me faz espirrar.

— *Bless you* — diz Lewis do banheiro.

Imagino sua boca cheia de espuma de pasta de dente dizendo "*bless you*". A boca cheia de espuma, como no dia em que o conheci naquele *pub* em Oxford.

XII

— Então você é a ladra! — disse Dolores, surpresa, à irmã Luisa ao vê-la tirar uma das flores do vaso de vidro em cima do balcão do restaurante Izaguirre.

Dolores não sabia que Bittori estava tão perto que podia ouvir o que dizia. Se soubesse, não teria falado tão alto. Sem se dar conta, havia entregado a irmã.

Bittori castigou Luisa por roubar flores de seu vaso. Durante um mês, não poderia sair para fazer o que quisesse. E, para impedi-la de ler aqueles romances baratos que ela costumava esconder debaixo do avental enquanto estava na cozinha, a puniu fazendo com que anotasse receitas que ela lhe ditava. Três colheres de açúcar, duas colheres de farinha... Por um mês Bittori fez com que Luisa escrevesse receitas na mesa da cozinha. Besugo ao molho, atum com tomate... Enquanto ditava as receitas, olhava pelo canto do olho e se perguntava o que fariam com esta jovem que estava sempre perdida em seu mundo, como se estivesse ausente. Bittori estava convencida de que Luisa estava contaminada pelos romances que lia. Pudim de leite, *intxaursaltsa*, arroz-doce... Enquanto escrevia as receitas, Luisa só estava preocupada com uma coisa: que Germán não encontraria as flores da sorte que ela sempre atirava ao mar. Atormentada por esse pensamento após um mês sem sair da cozinha do restaurante Izaguirre, a aparência de Luisa havia se tornado a de uma flor murcha e seca.

XIII

Qual fotografia mostrar. Com qual delas começar. Não sei. Faço uma revisão mental das fotos que escolhi para mostrar à minha mãe quando chego ao quarto do hospital. Ao entrar, encontro-a com os olhos bem abertos e me assusta vê-la dessa maneira. Esperava encontrá-la adormecida. Não há mais ninguém no quarto. A cama de Pilar está vazia. Devem tê-la levado para fazer algum exame. Sem Pili e sem Pilar, o quarto parece diferente. Algo está faltando. O som da voz de Pili. E suas palavras. Pergunto-me para onde foram as palavras com as quais Pili inundou este espaço todos esses dias. Talvez tenham escapado pela janela, talvez não. Podem estar presas às paredes, prontas para pular delas a qualquer minuto.

Ela me olha diretamente nos olhos, embora eu não saiba se ela me vê. O silêncio me deixa desconfortável.

— Ama...

Tento quebrar o silêncio tenso chamando minha mãe e repito a palavra:

— Ama...

Minha pulsação está acelerada. Aproveito o momento de privacidade para tirar rapidamente as fotografias da bolsa. Ao lado da que apareço quando criança, na praia, sentada dentro de um castelo de areia, está a famosa fotografia das meninas do restaurante Izaguirre. Seis mulheres olham para a câmera e sorriem, imersas em um universo preto e branco. Aproximo a fotografia da mão da minha mãe e, assim como os recém-nascidos agarram o dedo que toca sua mão, minha mãe pega a fotografia, como que por reflexo, como que por inércia. Assim como Maialen pegou minha mão logo depois de seu nascimento.

— Veja, *ama*, quem está aqui. Olhe essa garota, veja quem ela é — digo, apontando para sua figura na fotografia. Aproveito o fato de estarmos sozinhas no quarto para falar mais alto do que em outros momentos, com mais liberdade.

Ela olha fixamente para a fotografia. E, enquanto isso, olho para ela. Acho difícil acreditar que a jovem mulher na fotografia e a mulher deitada na cama sejam a mesma pessoa. A da fotografia é uma folha verde, a do leito é uma folha seca levada pela força da correnteza, rio abaixo. Porém, de repente, a folha seca parece reviver em contato com a água. Olhando para a fotografia, minha mãe começa a nomear as mulheres que aparecem nela, apontando para cada uma: Dolores, Luisa, Bittori... Os nomes me dão um nó na garganta, e meus olhos se enchem de lágrimas. Tento secá-las com a manga do suéter. Ainda bem que estamos sozinhas.

— *Ama* — digo com urgência, esperando que, quando ela olhar para mim, diga também meu nome.

Mas parece que minha voz entrou violentamente no mundo de minha mãe. Seu rosto muda em um segundo. O sorriso que surgiu ao ver a fotografia desaparece, e ela volta a ficar sem expressão. Ela olha para mim, não para meus olhos, mas para minha testa, depois olha para a parede branca em frente. Desapareceu novamente. Escapa-me novamente, como se solta dos dedos o fio fino que prende um balão de gás.

Desmorono. Apoio minha testa no travesseiro. A fotografia da cozinha do restaurante Izaguirre está sobre o lençol, caída das mãos da minha mãe. Eu a pego e coloco na agenda, ao lado de uma colorida. É uma das primeiras fotografias a ser tirada em cores, uma daquelas tão artificiais que parecem ter sido pintadas. Minha mãe está passando roupa na cozinha de casa, e, ao lado dela, estamos Xabier e eu. Eu não tinha mais que oito anos. A mão da minha mãe está levantada. Ela parece estar implorando ao fotógrafo, meu pai, que não tire a foto, por favor, não tire assim, passando roupa e desarrumada, vestida para ficar em casa. Deve ser uma das fotografias de teste que meu pai tirou depois de comprar a câmera colorida.

Lembro-me de ficar horas olhando minha mãe passar roupa, com o queixo sobre a velha toalha que ela estendia na mesa. Muitas vezes, eu ocupava a parte da mesa que estava livre com uma folha de papel e lápis de cor e permanecia horas ali, desenhando ao calor do ferro e ao cheiro de roupas limpas. Tum, tum, eu ouvia. Os golpes do ferro sobre uma camisa. Respiro fundo para sentir aquele cheiro de limpeza, aquele cheiro de família. E me vejo desenhando o que sempre desenhei assim que me deram um lápis e uma folha de papel: montanhas no fundo, um sol nascendo entre elas, duas nuvens brancas no céu e, no meio, uma casa de fazenda, com um teto vermelho, muito vermelho. Tão vermelho que deixou sem ponta o lápis dessa cor. E, por um segundo, acho que ouço a voz da minha mãe gritando para Xabier, que brincava em seu quarto com vaqueiros de plástico. Pede a ele que não faça barulho, porque Xabier os atira de cima da cama para o chão. Suicidar vaqueiros era seu esporte preferido. Minha mãe ouve rádio, e, enquanto desenho, acompanho notícias, sorteios, a radionovela... Minha mãe pega uma pilha de roupas engomadas e me pede que a leve ao meu quarto. E me vejo andando pelo corredor frio com as roupas recém-passadas nas mãos, o queixo afundado nelas, sentindo cheiro de limpeza, cheiro de família.

Até o momento em que a auxiliar de limpeza entra, não percebo que estou com o queixo afundado no lençol da cama da minha mãe. Ela me diz que precisa limpar o quarto e me pede para sair, por favor, por um momento. Pego as fotografias espalhadas sobre o lençol, e, quando tento me levantar, minha mãe me agarra com força pelo braço. Fico assustada. Digo para a mulher esperar um minuto.

— O que foi, *ama*?
— Quando vamos? — ela me pergunta.
— Aonde?

Sei o que ela vai responder.

— Ao farol.

A auxiliar de limpeza me diz que não tem o dia todo e que eu deveria sair e ficar no corredor. Uma vez lá fora, com as costas apoiadas na parede, levo a mão à testa. Estou com dor de cabeça. Tenho vontade de chorar, mas o frio branco do hospital me impede. É como se minhas lágrimas tivessem congelado.

Passam duas enfermeiras empurrando uma cadeira de rodas vazia. Uma diz algo para a outra sobre três mortos, dando de ombros. Três mortos e uma explosão. A outra move a cabeça num gesto de desaprovação, de pena, e suspira profundamente. Elas falam sobre o atentado de ontem. Sinto ainda mais vontade de chorar.

— Você pode entrar — ouço dizerem atrás de mim. A mulher terminou a limpeza.

Eu gostaria de entrar no quarto dizendo "estou aqui, *ama*", mas tenho medo de romper o silêncio. Apenas ouso tossir. Dou três tossidas, e minha mãe parece notar que estou de volta.

— Você vê o mar? — me pergunta, apontando para a parede à frente.

— Sim, *ama* — respondo.

Talvez eu devesse pedir uma cadeira de rodas às enfermeiras. Permanecer tantas horas neste quarto produz alucinações. Não lhe faria mal sair daqui. Passar ao menos o Natal em casa para poder sentir o cheiro de família, em vez deste cheiro de purê de batata e remédio.

XIV

Ontem à noite, senti que faltava algo na casa. Lewis não estava e, acostumada a encontrá-lo sempre ali ao chegar, me pareceu que entrava numa casa desconhecida. Senti a ausência dele, embora soubesse que não o encontraria em casa porque jantaria com as pessoas do *euskaltegi*. Desde que mora aqui, pouquíssimas vezes saiu sem mim. Uma ou outra com Maite e Iñaki, quando eu estava grávida, mas em raras ocasiões. Lewis se diverte no *euskaltegi*. Além de aprender basco, fez muitos amigos. E amigas. A verdade é que ele tinha necessidade de interagir com mais pessoas. Corria o risco de se afogar, de murchar, sempre trancado em casa. E, embora eu esteja ciente disso, ontem me senti mal por não o encontrar em casa. Tive aquela sensação que se tem quando se deita na cama e pensa ter deixado a torneira aberta. Não conseguir dormir até levantar e conferir que está fechada. O mesmo me aconteceu ontem com Lewis: não pude dormir até ele chegar. E ontem ele chegou tarde, muito tarde, e cheirava a álcool e cigarro. Tropeçou no tapete antes de deitar na cama. Fingi estar dormindo.

Esta manhã, deixei-o dormindo. No caminho para a redação, no carro, liguei o rádio, mas desliguei após alguns segundos, arrependida de tê-lo ligado. Falavam da explosão de ontem, dos mortos, das investigações. Desde que Carlos desapareceu, não consigo ouvir notícias assim. Eu as sinto em uma parte muito profunda do meu corpo, como uma ferida aberta. Como se a detonação tivesse chegado ao meu estômago.

Na redação, a primeira pessoa que vejo é Fidel, lendo o jornal em sua sala de vidro. Poderia ir até ele agora e lhe dizer quanto estou irritada porque publicou, no outro dia, a reportagem com minha assinatura e a manchete dele, contra a minha vontade, mas já não tenho ânimo. Minha raiva se esvaiu. É melhor deixar isso de lado.

Agora, preparo uma matéria sobre energia eólica, sobre os moinhos de vento cada vez mais numerosos em nossas montanhas. Tenho que fazer algumas ligações para especialistas e ambientalistas, e ao meio-dia preciso comparecer a uma coletiva de imprensa. Fidel deixou o convite em minha mesa. Minha cabeça gira pensando em tudo que preciso fazer. Não terei tempo para efetuar todas as ligações antes de partir. Fico nervosa, sinto uma espécie de zumbido nos ouvidos. Fico enjoada. Fixo o olhar no maço de cigarros que deixei sobre a mesa. Não tenho vontade de fumar. Estou realmente muito mal se não tenho vontade de fumar.

Ao lado do maço de cigarros há um jornal do dia. A capa mostra um carro queimado, e um número salta aos meus olhos: três. Três mortos. Lembro-me das enfermeiras dizendo "três mortos" e dando de ombros. Não posso deixar de pensar no que esse número significará para a pessoa que colocou a bomba debaixo do carro. Se ela vai encarar friamente o número ou se a cifra vai ficar batendo sem parar em sua consciência: três, três, três, como um tambor. Ou, ao constatar que causou três mortes, pensará em outros três companheiros mortos, presos ou espancados, e tal imagem impedirá que seu cérebro ative a piedade, o arrependimento. Ou talvez, mesmo que veja as imagens de seus companheiros, ainda continue ouvindo as batidas no tambor: três, três, três.

Viro o jornal, como se colocar a fotografia contra a mesa fizesse essa realidade desaparecer. Porque o que não se vê não existe. Foi isso o que o jornalismo me ensinou ao longo dos anos. A contracapa mostra uma família sorridente, como se fosse o outro lado da moeda. Eles são de Múrcia e mostram alegremente o cheque que ganharam em um concurso de TV. Sinto inveja. E não por causa do dinheiro que ganharam, mas por não terem nada a ver com o carro queimado na primeira página. Também não tenho nada a ver com ele, mas ainda sinto um grande peso nas costas. Também não quero ter medo do que os jornais vão publicar no dia seguinte, como a família de Múrcia. Que alívio nascer em Múrcia. Ou em Oxford.

Preciso falar com alguém. Ligo para Maite.

— Como você está, linda? — responde com energia.

— Bem.

— E sua mãe?

— Ah, ela vai indo. Começou a lembrar algumas coisas, alguns nomes...

— Que bom — diz Maite, e permanece em silêncio, esperando que eu explique o verdadeiro motivo da minha chamada. Mas nada sai, e Maite retoma a conversa, para quebrar o silêncio. — E Lewis e Maialen?

— Que horror aquilo de ontem, né? — digo sem dar importância à sua pergunta.

Preciso trazer à tona a questão que me queima por dentro. E Maite entende isso. Sabe que com a volta de Carlos esse tipo de notícia me afeta ainda mais.

— A redação está toda em cima do tema, né? — ela me pergunta.

— Você nem imagina.

Falamos como se fala de algo inevitável. Como se o que aconteceu no dia anterior fosse o resultado de um fenômeno natural, uma inundação, um terremoto. Como se fosse algo que sempre esteve presente. E assim é, porque sempre fez parte do cenário de nossa vida. As pessoas de nossa geração não conhecem outro contexto, não conseguimos imaginar uma situação normal.

— E como você está? Precisa de ajuda? — Maite muda rapidamente de assunto.

— Não, fique tranquila. Já vai passar. — E minha voz treme quando digo isso.

— Nere, você está bem?

Não. Não estou bem. Assim como a bomba no carro, algo explodiu dentro de mim. O mundo está caindo sobre mim, me quebrando, e a água está saindo das rachaduras, aqui e ali.

— Você está bem? — repete Maite.

Não consigo responder. Sinto que estou em uma área de sombra, com um grande manto me cobrindo. Tudo fica escuro, como quando as nuvens de repente bloqueiam o sol em um dia ensolarado. Olho para o computador e tenho a impressão de ver uma sucessão de imagens na tela: Maialen me chama de seu quarto e eu não chego, Lewis tropeça no tapete do quarto e cheira a bar, as mãos da minha mãe agarram uma foto antiga, um carro pega fogo, Carlos caminha pela cidade...

— Você sabe mais alguma coisa sobre Carlos?

Pergunto sem pensar. Eu não queria perguntar sobre ele.

— Pouco, pergunto a Iñaki se você quiser, para ver se...

— Não incomode Iñaki — eu a interrompo. — Não pergunte nada a ele.

Ainda estou enjoada. Levo a mão à testa.

— Quando vai para o hospital? — pergunta Maite.

— Não sei, assim que puder, mas certamente à tarde.

— Quer me encontrar lá?

— Se quiser, podemos comer ali com minha tia Dolores.

Desligo e me vejo do alto da redação, como um pássaro que entrasse voando pela janela me veria. Avisto uma mulher com cotovelos na mesa e a cabeça repousada entre as mãos. Seus olhos estão fechados. Ela parece despedaçada. E percebo que estou como meu pai, com uma carteira de habilitação novinha em folha dirigindo pela estrada costeira. Passo uma curva, depois outra e digo a mim mesma: "Sobrevivemos a mais uma", enquanto gotas de suor escorrem por minha testa. E, como meu pai, digo aos outros para terem calma, que sei dirigir. Mas a última curva fica em uma subida, e o carro quase não tem mais forças para ir adiante. Terei que pedir ajuda. Agora, sim. Acho que agora não tenho outra escolha.

XV

Ao tentar alcançar a boia que dançava nas ondas, tudo ficou escuro para Germán.

— Que briga você teve com o mar, rapaz — disse o capitão quando Germán acordou em uma cabine no navio, sobre a cama.

Ele se reclinou, ainda tremendo de medo, com os olhos arregalados.

— Calma, rapaz, calma. — O capitão tentou tranquilizá-lo enquanto o segurava. — Pode ter certeza de que desta vez você venceu a briga. Teve sorte.

Ao sair da cabine, o capitão informou ao restante da tripulação sobre a condição do jovem Germán. O pobre garoto ainda tinha o mar impregnado nos ossos e na cabeça. Os marinheiros, depois de ouvirem as explicações do capitão, continuaram seu trabalho, como se não tivessem escutado nada, como se escutar aquilo lhes trouxesse má sorte, enquanto olhavam desconfiados para o mar ao redor, tentando adivinhar quem realmente havia vencido a briga entre o jovem Germán e a maré.

XVI

Maite já me ouviu falar muitas vezes de tia Dolores, mas até hoje nunca a tinha encontrado pessoalmente. Nós três estamos sentadas ao redor de uma mesa no refeitório do hospital, à frente de cada uma sua bandeja de comida do bufê *self-service*. Eu me acalmei um pouco no caminho para o hospital, mas meus nervos estão à flor da pele. Sinto uma pressão no peito, e algo está constantemente martelando em meu cérebro. Não estou bem, mas não quero que minha tia me veja com uma expressão ruim e me esforço para sorrir. Mesmo assim, toda vez que Maite e tia Dolores me encaram, vejo a preocupação estampada no rosto delas. É como se com cada olhar me perguntassem: "Você está bem?". Deixei Maite bastante assustada depois da conversa que tivemos ao telefone, e tia Dolores também está apreensiva. Quando lhe perguntei sobre minha mãe, ela não me respondeu diretamente. Acho que ela a viu pior hoje do que em outros dias e não quer me dizer. Mas nós três tentamos esconder nossas preocupações sorrindo. Tia Dolores começa a contar histórias de quando eu era criança.

— Não é de admirar que no final ela tenha se tornado jornalista — diz ela à Maite. — Sempre quis saber tudo. Sabe, sempre que eu vinha da Alemanha, ela tinha que revistar minha mala, como se fosse encontrar, sei lá, um tesouro. Acho que ela estava mais entusiasmada com a mala do que comigo.

— Não é verdade... — diz Maite.

— Você sabe qual era o tesouro? O presente que me trazia — respondo, e nós três rimos.

— Vocês estiveram juntas na Inglaterra, não estiveram? — pergunta tia Dolores.

Assentimos com a cabeça, Maite com a boca cheia, e eu movendo as ervilhas com o garfo para lá e para cá no prato. Minha tia nos conta que minha mãe lhe disse muitas vezes que eu estava lá com uma amiga.

— Sua mãe dizia: "Ainda bem que foi com uma amiga, os invernos da Inglaterra são tão tristes...". Ela me contava nas cartas que os invernos na Inglaterra eram muito tristes, como se já tivesse estado lá! Ela tinha visto em um filme ou lido em um desses romances sentimentais que tanto amava... Ela falava muito de você nas cartas, Nerea. Naquela época, ela estava preocupada, assim como seu pai. Então, ela soube da doença. — Fica em silêncio por um momento e, depois de um suspiro, continua falando: — Bem, e com este cardápio, quem quer ir àquele restaurante Arzak? É Arzak, não é?

— Sim, tia, é Arzak. Vamos um dia desses — respondo.

— Sim, um dia desses. Vamos ver se com os tesouros que você encontrou durante todos esses anos em minhas malas dá para me convidar.

Nós três rimos.

— Tia, pensei que poderíamos pedir permissão ao médico para que a *ama* passasse o Natal em casa. Pelo menos a véspera de Natal. Eu gostaria que todos nós passássemos a noite juntos como antes. Acha que eles darão permissão, mesmo que seja apenas uma noite?

— Não sei, Nerea — responde ela, estalando a língua. — Talvez, se for apenas por um dia... Teremos que perguntar ao médico.

Eu me levanto da mesa. Tenho que ir trabalhar. Já estou atrasada. Mas, assim que visto meu casaco, vejo Pili correndo em nossa direção. Ela chega com a respiração ofegante e os olhos bem abertos e diz que temos que ir para o quarto o mais rápido possível, que minha mãe começou a falar sem parar e está muito nervosa, alterada, que precisamos subir e acalmá-la. No elevador, Pili explica que minha mãe fala sem parar, mas que não entende nada porque fala em basco. Paramos bruscamente em frente à porta do quarto.

— Você primeiro — digo à tia Dolores.

— Não, você — responde ela, e me empurra para dentro.

Entro primeiro, as três mulheres atrás de mim. Minha mãe está sentada na cama com o pescoço esticado. Seus olhos parecem que vão saltar.

— *Ama* — digo, enquanto me aproximo dela.

Mas minha mãe não olha para mim. Seus olhos estão voltados para tia Dolores, em pé atrás de mim. É possível ouvir uma mosca voando. Há um silêncio absoluto no quarto.

— Venha — minha mãe diz a ela num tom firme, totalmente desconhecido para mim.

Quando tia Dolores se aproxima, minha mãe direciona o braço para o pescoço da irmã, como se quisesse aproximar seu rosto para dizer algo em seu ouvido.

— Vamos — diz ela.

E tia Dolores, depois de engolir a saliva com esforço, responde:

— Aonde?

Ela pergunta timidamente, quase sem forças. Minha mãe aproxima ainda mais a boca do ouvido de minha tia. Sussurra algo para ela. Não ouvi o que falou, mas suspeito que tenha sido que queria ir ao farol, como me disse no outro dia.

Tia Dolores franze as sobrancelhas, e seus olhos se enchem de lágrimas. Ela engole repetidamente, olhando para a irmã, que a agarra pelo colarinho da camisa, até que enfim minha tia se afasta, para se soltar, e foge para o corredor.

Nunca até hoje eu tinha visto tia Dolores fora de controle. As palavras de minha mãe lhe atingiram como um tapa no rosto, como a pancada de um fantasma do passado.

Pego a mão da minha mãe. Sinto sua pulsação acelerada. Peço a Maite que chame o médico, que lhe diga que minha mãe teve algo como um colapso nervoso, um ataque de ansiedade. Ela vai se acalmando gradualmente.

Maite chega com o médico, que nos pede para deixá-lo sozinho com minha mãe e fecha a cortina que separa as duas camas. No corredor, encontro minha tia respirando fundo, com as costas apoiadas na parede.

— Tia, você está bem?

— Sim, não se preocupe. Você pode ir trabalhar, eu vou ficar para ver o que o médico diz.

Ela não me olha nos olhos. Não consigo encontrar o brilho nos olhos de tia Dolores em lugar algum.

— Me ligue para contar o que o médico disser.

— Sim.

— Mas você está bem?

— Sim. Tenho que ir ao banheiro.

Minha tia desaparece pelo corredor, e Maite e eu seguimos para o estacionamento, onde deixamos os carros. Sinto um nó na garganta. Mal posso esperar para chegar até o carro e poder chorar sozinha.

— O meu carro está ali — digo à Maite. Mas, ao terminar de pronunciar a última palavra, o nó na minha garganta vem à tona e não consigo parar de chorar. Foi aberta a comporta do pântano.

Maite segura meus ombros.

— Calma, Nere.

— Sinto muito, Maite, é que...

— Calma, pode chorar.

— É que não aguento mais. Nem sei mais com quem falar, com quem desabafar. — Sinto uma barulheira dentro de mim.

— Estou aqui, Nere.

— Ainda bem que é você. Digo a Lewis que estou sobrecarregada, e, sim, ele entende, mas não sei se percebe quão sobrecarregada estou. Outro dia eu lhe disse que estava muito irritada com Fidel no trabalho, que me sinto sufocada porque não consigo encontrar tempo para fazer tudo, que a situação da minha mãe está me dilacerando... E ele me disse que sim, que entendia, mas, com sua sutileza inglesa, ele me disse que pelo menos eu tenho a oportunidade de sair de casa e tomar um pouco de ar, porque ele passa o dia trancado em casa, sem interagir com ninguém, e isso também é muito difícil. Não me disse isso com essas palavras, é claro, mas foi o que quis dizer. E no final acabei consolando-o. Você me entende, Maite? E quem vai me consolar? Quem?

— Fique calma.

— Tenho visto Lewis querendo sair de casa ultimamente. Ele está entusiasmado porque fez amigos no *euskaltegi*, e entendo isso, mas... No outro dia, ele foi jantar e chegou muito tarde, bêbado. Não sei, sinto que ele está diferente...

— Você não está com ciúmes? Foi você que o trouxe de Oxford, mas outras pessoas também podem conhecê-lo...

— Não é isso, Maite. É a soma de tudo. Não aguento mais, essa é a verdade. Não tenho vontade de ir trabalhar, me sinto cansada antes mesmo de começar. Fico na redação o dia todo e, nas horas que me restam, estou no hospital. Mal vejo minha filha o dia todo. Sei como ela dorme. Não sei, Maite, desde que a *ama* está no hospital, sinto-me perdida. Antes, eu estava no limite, mas agora é diferente, sinto que algo rachou dentro de mim e estou mais sensível e vulnerável do que nunca. E o pior é que a pessoa que me deu forças para continuar, tia Dolores, também explodiu. E isso era só o que me faltava. Estou dando voltas, Maite, e às vezes acho que fiz tudo errado. Tudo, desde o início.

— Tudo errado? Você vai me dizer que ter dado vida à Maialen é fazer tudo errado? Iñaki e eu gostaríamos de ter a mesma sorte que você e Lewis tiveram. Você não percebe o quanto você tem, Nere?

Meu celular toca.

— Sim, sim, sou eu. — Limpo as lágrimas com a manga do casaco. Meu tom de voz muda. Recebo a ligação de um especialista em energia eólica a quem deixei uma mensagem. Seguro o telefone com uma das mãos e com a outra procuro na bolsa caderno e caneta. — Sim, ligarei de volta em uma hora. Serão quatro ou cinco perguntas. Sim, esperamos publicá-la na próxima semana. Enviarei um fotógrafo. Qual o endereço?

Encosto o caderno no capô do carro e anoto o endereço. Enquanto isso, estou com uma perna levantada, para que a bolsa não caia no chão. Não posso mover um músculo se não quiser que caiam no chão o caderno, o telefone, a bolsa... Maite me olha como se eu fosse doida. Devo parecer uma malabarista chinesa tentando arduamente não deixar cair um prato no chão. Maite olha para mim com a boca aberta. Ela parece estar dizendo: "Mantenha o equilíbrio, mantenha o equilíbrio".

XVII

Luisa não reconheceu o olhar de Germán. Depois de três semanas de espera, o jovem pálido e abatido que desceu do navio *Urkiolamendi* parecia um estranho para ela. Ao pisar em terra, disse-lhe "Luisa", com a voz trêmula, e Luisa pôde ver o medo nos olhos dele. Os companheiros ajudaram Germán a sair do barco, segurando-o pelos braços até ele entrar no porto, como se estivesse doente. E não demorou muito para que Luisa percebesse que esse era o caso, que Germán estava doente. A cabeça dele estava cheia de ondas gigantes que o deixavam enjoado e trêmulo.

Luisa sentiu a bofetada de uma grande onda em seu rosto e instantaneamente sentiu o peso da culpa. Queria explicar a Germán que tentou jogar no mar as flores que lhe trariam sorte naquela saída, mas não conseguiu, pois estava de castigo e não pôde sair. Mas não lhe disse nada. Ao ver aquele olhar perdido de Germán, percebeu que ele não ia entender nada e correu para casa chorando, na esperança de encontrar conforto em um romance escondido sob os lençóis de sua cama.

XVIII

Folhas em branco, cópias, páginas soltas de jornal. Durante as tardes, os papéis tomam vida própria na redação e caem do alto como flocos de neve. Podem ficar em um cinzeiro cheio de guimbas de cigarro, em um copo de plástico com restos de café ou sobre a foto de arquivo de um político que alguém esqueceu em cima da mesa.

Toques de telefones, faxes, trechos de conversas chegam aos meus ouvidos. O copo de plástico em minha mesa tem traços de café seco. Tomei um café para enganar o vazio no estômago, invadido pela fumaça do cigarro. A máquina não devolveu meu troco. Hoje também não. Alguém deveria chamar o técnico, mas, como todos nós estamos atolados de trabalho, ninguém faz isso. Dois goles de café e já estou desejando outro cigarro. Às vezes, tomo café só para ter mais vontade de fumar, embora a queimação subsequente seja insuportável.

Meu colega Santi fala comigo sem tirar os olhos do computador:

— Em sua página há um anúncio de três por dois.

— Tenho que engolir o anúncio novamente? — pergunto sem tirar o cigarro da boca, como um aposentado jogando cartas no clube.

— Palavras de Fidel... — diz ele, unindo as palmas das mãos e olhando para o céu, como se estivesse orando.

— E o que tenho que dizer agora? Amém? — respondo enquanto coloco o cigarro no cinzeiro ao lado do teclado. Colocado ali, parece uma chaminé de fábrica.

As decisões de Fidel me deixam louca. Terei que cortar a história da turbina eólica para caber a publicidade. Sempre recebo a publicidade de última hora e já pensei em reclamar muitas vezes, mas não quero me aproximar de Fidel e suportar aquele cheiro nojento de loção pós-barba. Não me importa como ficarão as informações. O que eu quero é terminar o mais rápido possível e ir para casa. Nada mais. Acabar e fugir daqui. E houve um dia em que eu gostava do meu trabalho. O cigarro queima no cinzeiro enquanto digito. Eu o apago esmagando-o com os dedos.

Ultimamente ando correndo de um lugar para o outro, sempre com pressa, como o coelho na história da Alice, sempre atento e sob a ditadura dos ponteiros do relógio. E acho que chegou o momento em que comecei a cair no vazio, como aconteceu com Alice. No meu caminho para um mundo desconhecido, vejo imagens, uma sobre a outra: *ama* chama Germán de sua cama de hospital, Carlos chega a uma rodoviária com uma bolsa gigantesca, Lewis flerta com uma colega do *euskaltegi*, Maialen me chama de sua cama, tia Dolores chora, inconsolável... Sinto-me como se tivesse sido lançada em um novo mundo, como aconteceu com Alice, e procuro um jeito de sair dele, porém não encontro, como Alice encontrou, mais de uma porta pela qual sair. Não tenho a oportunidade de escolher entre diferentes portas, entre diferentes caminhos. Há apenas um caminho. Uma seta que me obriga a seguir em frente.

— Nerea, você está surda ou quê? O telefone... — Santi me desperta. Continua sem tirar os olhos da tela.

É Maite. Ela me diz que ficou chocada ao ver minha tia daquela maneira. Também fiquei impressionada, embora não me surpreenda que seus nervos a tenham traído. Desde que chegou de Frankfurt, ela não parou. Passa o dia no hospital e, quando chega em casa, continua trabalhando. Por um momento penso em como eu daria conta sem ela, mas tiro essa ideia da minha mente o mais rápido possível, balançando a cabeça de um lado para o outro, como se quisesse me livrar de uma mosca pousada em meu rosto.

— Iñaki esteve com Carlos perto da hora do almoço.

Maite recuperou a capacidade de falar diretamente, sem rodeios.

Meu estômago aquece, como se tivesse tomado um copo de vinho em um só gole. Sou incapaz de articular uma palavra. Meu lábio inferior está tremendo.

— Bem, acontece que ele perguntou sobre você. Quis saber se continuamos a nos ver, como você está... Perguntas.

Eu me sinto atacada. Como se um homem encapuzado tivesse me abordado na rua com uma faca na mão. Imagino um fantasma chamando meu nome, perguntando por mim. "E o que você sabe sobre Nerea?" Sinto que um fantasma me persegue. Engasgo. Quero engolir saliva, mas minha boca está seca.

— Explicou que pode ficar aqui por enquanto, pelo menos por enquanto, embora não possa estar cem por cento tranquilo em relação a isso, pois seu futuro depende da situação política. E falaram sobre a situação, mas sem se aprofundar. Deixaram para amanhã. Disse que precisa contar muitas coisas.

— O que ele disse sobre mim?
— Quem? Iñaki?
— Sim, claro.
— Não sei, ainda não perguntei a ele.
— Não contou onde moro nem deu meu telefone, né?
— Não sei, Nere. Vou descobrir, mas acho que não.

Peço-lhe que, por favor, não conte nada sobre minha vida ao Carlos, não quero saber nada sobre ele e, com a desculpa de que tenho muito trabalho a fazer, desligo o telefone. Não quero ouvir mais nada.

Não sei que diabos ele está procurando agora neste mundo que não é mais o seu. Não é seu porque um dia ele o abandonou sem avisar. Não tem o direito de perguntar sobre mim agora, depois de tantos anos sem notícias dele. Eu não existo. Eu não existo mais. Não quero vê-lo. Não quero ver como ele envelheceu. Não quero saber como as coisas têm sido para ele ao longo dos anos. Não quero vê-lo ressuscitado. Permaneça no sepulcro, Lázaro, permaneça.

O telefone toca outra vez. O aparelho continua quente. É Xabier. Está no hospital com tia Dolores. Ele me conta que ambos falaram com o médico, que tentou tranquilizá-los de que a crise que nossa mãe teve é normal considerando sua situação; apesar disso, ele não gostou do rosto preocupado do doutor.

— A tia lhe perguntou se ela poderia passar o Natal em casa, e ele respondeu sem rodeios que não poderia — conta meu irmão. — Disse que poderia ser perigoso levá-la de um lugar para o outro, que sua situação é delicada e que o melhor é não sair do hospital em nenhuma circunstância.

Meu irmão parece preocupado. Noto uma tremulação em sua voz que nunca percebi antes.

— Você sabe o que há de errado com a tia? — ele me pergunta.

Coloco a mão na testa. Queima. Respondo que não sei de nada, mas que é normal que ela esteja estranha, que a situação é muito tensa e que sua relação com nossa mãe é muito especial, elas sempre foram unha e carne.

Percebo que na última semana só nos falamos ao telefone, que Xabier e eu não nos vimos, não nos encontramos no hospital.

— Vamos nos ver logo, hein, *brother*? — digo a ele antes de desligar.

Fazia muito tempo que eu não o chamava de *brother*. Quando comecei a aprender inglês, comecei a chamá-lo assim, ainda éramos crianças. A verdade é que nos últimos anos também não nos falamos nem nos vimos muito, sempre com a desculpa de muito trabalho. Ao chamá-lo de *brother* novamente, senti como se tivesse recuperado algo que havia perdido. Como se uma lufada de ar fresco tivesse entrado de repente em um ambiente.

Desligo o telefone e fecho os olhos. Lembro-me de uma ilustração do livro que Lewis lê para Maialen todas as noites. Alice se aproxima de uma porta muito pequena e vê um jardim repleto de flores do outro lado.

— De quanto era o anúncio? Dois por três ou três por dois? — pergunto a Santi, e começo a cortar o texto da reportagem, sem saber onde meter a tesoura.

Eu deveria dizer a Fidel que estou farta de ser sempre eu quem recebe a publicidade de última hora, mas não lhe direi nada. Não quero que o cheiro de loção pós-barba contamine o jardim da Alice que tenho agora em minha mente.

Acendo um cigarro e o deixo no cinzeiro. A chaminé voltou a soltar fumaça.

XIX

Entro em casa e o cheiro de sopa me invade. Não é sopa instantânea, como aquela que Lewis prepara. É sopa feita com o caldo natural que tia Dolores cozinha segundo a receita do restaurante Izaguirre. Igual a que minha mãe fazia. Cheira como quando eu era criança e voltava da escola. Entrava em casa, deixava os livros no meu quarto e depois encontrava minha mãe na cozinha, sob a luz branca fluorescente, secando as mãos com um pano, esperando que meu pai voltasse do trabalho. Ela segurava meu queixo na mão e me perguntava como tinha sido a aula, e eu aspirava o cheiro das suas mãos. Cheiravam a alho. A casa cheira hoje como cheirava antes. Inspiro profundamente antes de fechar a porta.

Entro em casa ansiosa por saber mais, curiosa, como nos meus primeiros anos como jornalista. Depois do que aconteceu no hospital e da maneira como ficou minha tia, preciso saber mais sobre o passado de minha mãe. Tenho que saber por que tia Dolores ficou assim, incapaz de conter as lágrimas quando minha mãe lhe disse que queria ir para o farol. Tem que me explicar do que se trata o farol.

A porta do quarto de Maialen está fechada. Ela dorme. Lewis está no escritório lendo algumas páginas iluminadas pela lâmpada de leitura, com os óculos na ponta do nariz. Ao me ver perto da porta, ele levanta a mão, como se me pedisse para esperar um segundo, até terminar de ler a última linha. Levanto o braço e desenho um círculo no ar, para dizer que falarei com ele mais tarde.

Na cozinha, encontro tia Dolores em frente a uma caçarola. Ela seca as mãos no avental, como minha mãe fazia, mas não me pergunta como foi na escola, como minha mãe fazia. Sem me olhar nos olhos, ela me pergunta como está indo meu trabalho. Tem vergonha do que aconteceu no hospital. Foi a primeira vez que a vi chorar.

— Como está? — pergunto, preocupada porque parece uma mulher diferente: falta-lhe o pó dourado de Sininho.

— Estou bem. Fiz uma sopa. Vai ser bom para você se aquecer.

— Sim, obrigada, mas tem certeza de que está bem?

— Sim, claro.

— E *ama*?

— Ela falou muito hoje. Disse muitas coisas sem sentido, algumas com um pouco de sentido... Não sei, às vezes ela parece voltar à realidade, mas de repente sua cabeça voa novamente, e começa a repetir tudo o que ouve, como um papagaio.

Enquanto conta como está minha mãe, ela não para. Dispõe os pratos na mesa, mexe a sopa na caçarola, enche o jarro com água. E continua não me olhando nos olhos. Será que o que minha mãe diz sobre o farol está entre as coisas sem sentido a que minha tia se referiu? Ou, ao contrário, será que tem algum sentido, algo a ver com a realidade? Pela forma como tia Dolores reagiu, aposto que há algum sentido, alguma verdade nisso.

— Xabier já me disse que o médico não a deixou passar o Natal em casa.

— Sim, ele nos disse que é melhor ela estar sempre em um lugar onde haja um médico por perto, só por precaução.

Lewis aparece. Ele me beija e vai até a torneira para encher um copo d'água. Retira uma aspirina efervescente do armário. Pega uma banana e volta para o estúdio. Diz algo sobre o prazo para a entrega de uma tradução. Eu o ouvi dizer a palavra *deadline*, e ele desapareceu. Eu não o entendi muito bem, não porque ele falou em inglês, mas porque eu estava pensando em outra coisa, no fato de que a ressaca do meu marido do jantar com as pessoas do *euskaltegi* ainda não passou.

Foi só provar a sopa de tia Dolores para viajar no tempo. Me vejo como uma criança, na cozinha, jantando. Minha mãe nos serve sopa, e a fumaça que sai dos pratos me impede de ver o rosto de meu pai, sentado na minha frente.

— Tia, por que *ama* diz que quer ir para o farol? Ela me disse isso também. Faz algum sentido?

Tia Dolores lava a caçarola. Vejo suas costas. Ela ouve a pergunta, mas não se vira.

— São coisas da juventude. Coisas que ficaram em algum canto de sua memória. Não é nada.

Está claro que ela não quer continuar a conversa. Faz-se silêncio. Ouço a água cair na panela e a tosse de tia Dolores, que permanece de costas. Acho que também caiu uma camada de tinta de tia Dolores, como o armário que mencionou para explicar a situação da minha mãe. Parte da camada caiu, mas ela ainda não está disposta a mostrar a cor do fundo. Volto com mais perguntas, como aqueles jornalistas que insistem até obter a resposta esperada:

— Tia, por que ficou daquele jeito no hospital? Se o farol não significasse nada, você não teria ficado assim.

Seca as mãos com um pano e senta na minha frente, jogando o pano na mesa com força, como se quisesse mostrar que desiste. Suspira e, sem tirar os olhos da mesa, ainda sem me encarar, começa a falar:

— Você não pode imaginar quanto ela gostava de ir ao farol e ficar lá, olhando para o mar. Você não pode imaginar. Com a desculpa de resolver coisas para o restaurante, pegava a velha bicicleta que tínhamos no armazém e fugia para o farol. Uma vez fomos juntas. Ela ficou olhando diretamente para o mar, de uma forma que não era capaz de olhar para as pessoas, e inspirou com força. Parecia dizer para o mar: "Aqui estou eu. Aqui estou eu, pronta para enfrentar até mesmo a onda mais forte". E me disse para fazer o mesmo, para fechar os olhos, respirar fundo. E me perguntava então se eu não sentia o cheiro do sal, se não sentia o bater das ondas contra as rochas sob meus pés, se não ouvia a água correndo entre as rochas depois da onda quebrar... — Ela tomou outro fôlego e por um momento ficou em silêncio, como se hesitasse em continuar. — Imagine como ela gostava, pois certa vez tia Bittori a castigou por um mês inteiro sem sair e sem se aproximar do mar, e ela parecia uma flor murcha, como se lhe faltasse o ar. Depois de um mês sem ir ao farol, ela logo voltou, mas de repente, um dia, parou de ir, da noite para o dia. Perguntei-lhe muitas vezes por que não voltava, e ela respondia que estava irritada com o mar, que o mar lhe havia roubado Germán. Eu a ouvi dizer isso em mais de uma ocasião. Germán, que tinha trabalhado anteriormente em um barco de pesca, também parou de sair para o mar da noite para o dia naquela época. Assim de repente, como se também tivesse ficado irritado com o mar. Essa foi a época em que, segundo os moradores locais, ele levou um susto em alto-mar. Não sei de fato o que aconteceu entre eles naquela época, mas lembro que sua mãe não queria mais vê-lo. Muitas noites ouvi Luisa chorar em silêncio na cama ao lado, e até chegou a chamar por Germán durante o sono, embora não como se chama um amante, mas nervosa, com raiva.

Não mexo um fio de cabelo enquanto minha tia fala. Quero evitar qualquer movimento, olhar ou palavra que possa atrasar a história que ela está contando. Quase nem respiro.

— Foi uma época ruim para Luisa, e, para ser honesta, não sei se fiz o suficiente para ajudá-la. Bem naquela ocasião comecei a namorar seu tio Sebastián e não tive muito tempo para minha irmã... E depois de tanto tempo... Ela mal se recorda do próprio nome e tem que se lembrar justamente disso... Eu não entendo.

Embora tenha demorado, quando começou a falar tia Dolores não parou. Estou morrendo de sono, mas mantenho meus olhos bem abertos. E o tempo voa. Quando Lewis reaparece na cozinha, o relógio na parede já marca meia-noite. Minha tia não parou de falar nas últimas duas horas, durante as quais pude vislumbrar uma parte desconhecida da vida de minha mãe. Como uma garrafa de champanhe, que não há como parar as bolhas uma vez que ela tenha sido aberta, minha tia transbordou a cozinha e minha mente com velhas histórias.

XX

Germán lhe disse que não voltaria ao mar, precisava descansar. E Luisa o entendeu. Mas, na ocasião seguinte, deu outra desculpa para não ter que embarcar no *Urkiolamendi*, e na outra vez, mais uma desculpa. Na quarta vez ele falou que sim, voltaria ao mar. Disse isso a Luisa e ao capitão do *Urkiolamendi*, pela manhã, no entanto, não apareceu no porto. Aqueles que foram procurá-lo em casa o encontraram deitado na cama, vestido com roupas de rua, cheirando a álcool.

Ele não voltou a trabalhar nas viagens seguintes do barco pesqueiro. Permaneceu em terra, sem querer admitir o medo que pegou do mar. Enquanto Luisa continuava trabalhando no restaurante, Germán passava o dia vagando de um lugar ao outro, de taverna em taverna.

Um dia, quando os dois foram passeando até o farol, Luisa lhe disse que não podia continuar assim, precisava fazer algo. Os olhos de Germán então se inflamaram como duas chamas, assim como o mar se inflama de repente e passa de calmo a revolto, e gritou para que o deixasse em paz. Luisa sentiu o cheiro alcoólico daquelas palavras que saíram da boca de um Germán desconhecido. Tentou tranquilizá-lo, mas foi pior. Germán se livrou com violência das mãos de Luisa, e, quando levantou o braço na altura do rosto dela, Luisa soube que o mar havia roubado seu Germán. Aquele não era Germán, o verdadeiro Germán tinha ficado entre as ondas do alto-mar. O dono da mão que lhe bateu não podia ser o mesmo jovem que conheceu num domingo, no baile, aquele que envolvia sua cintura com delicadeza. Não podia ser o mesmo, ainda que os dois tivessem a palma das mãos igualmente desgastada pelo mar.

XXI

Na época em que Carlos desapareceu, eu passava horas trancada em meu quarto, deitada na cama, com o travesseiro sobre a cabeça ou olhando pela janela sem nada ver. Minha mãe me implorava que abrisse a porta, que abrisse, por favor. E eu dizia que não, que me deixasse em paz. Ninguém podia imaginar a dor que eu sentia. Isso era o que eu pensava. E minha mãe menos ainda. Quase vinte anos depois, percebo que minha mãe conhecia a dor de perder um amor. Então fechei a porta para ela e agora eu faria qualquer coisa para abri-la.

Olho para uma foto antiga e dói, me dilacera. Um gosto azedo preenche minha boca, como se chupasse um limão. É uma fotografia tirada por meu pai no aeroporto no dia em que eu partia para Oxford com Maite. Minha mãe e eu aparecemos. Minha mãe sorri, mas sua testa está franzida e seus olhos não combinam com o sorriso em sua boca. Só hoje percebi que nessa foto minha mãe está escondendo a dor e a preocupação com minha partida. Até hoje, não havia olhado com atenção para o rosto dela. Nem nessa foto, nem na realidade.

Tia Dolores me conta que minha mãe confessava nas cartas que sentia muito a minha falta na época em que eu estudava em Oxford. Diz que estava preocupada comigo, que estava muito preocupada com o que acontecera com Carlos. E agora, olhando para a foto, vejo nos olhos da minha mãe a preocupação da qual tia Dolores fala. Ela sorri com os lábios, mas o olhar está triste. A essa altura ela já sabia da doença de meu pai, mas não me disse nada. Não queria me deixar angustiada enquanto eu estivesse longe de casa. Isso também ela teve que engolir sozinha por muito tempo. Isso também escondeu de nós enquanto pôde, como faz agora com a palavra *Ospitalea* estampada no lençol da sua cama.

Olho para a fotografia e me arrependo de não ter escrito mais de Oxford para minha mãe, de não ter ligado mais para ela, de não ter lembrado dela e de meu pai. Vejo novamente minha mãe passando roupa na cozinha. Tum, tum. Mas não há nenhuma menina ao seu lado desenhando montanhas e vilarejos em um pedaço de papel. Não se ouvem os pulos do meu irmão para cima e para baixo suicidando os vaqueiros. Somente se ouve o rádio. O som ricocheteia nas paredes da cozinha. E um suspiro profundo de minha mãe, enquanto alisa com o ferro o colarinho de uma das camisas do meu pai.

Gostaria de voltar a esse tempo, ligar de Oxford para minha mãe, dizer-lhe que estou bem e sinto muita falta deles. Perguntar-lhe como está. Mas não existem máquinas do tempo. Tenho que lhe dizer agora tudo o que não foi dito. Quero lhe perguntar como está e dizer que quero ficar perto dela, mas sinto que perdi a vez, que cheguei tarde demais. Porque o que não é dito a tempo não pode ser dito mais tarde, porque os abraços que não são dados na vida são impossíveis de serem dados mais tarde.

Mas minha mãe ainda está viva, e tenho esperança de que eu ainda possa lhe oferecer algo, de que minha mãe sinta que estou lhe oferecendo algo.

"Vamos, tire a foto agora, vou perder o avião." Essas são as palavras que eu disse a meu pai enquanto minha mãe me agarrava pela cintura para posarmos juntas. Sempre correndo, é como passei metade da vida. Tenho a sensação de que não vivi cada instante como se merece, que só os vivo intensamente quando os vejo em uma fotografia, muitos anos depois. Tenho medo de perceber quantos momentos da minha vida eu perdi assim. É por isso que tenho medo de olhar para algumas fotos.

Ouço o aviso do alto-falante do aeroporto. Tenho que embarcar, mas primeiro minha mãe precisa soltar a mão dela da minha cintura, e fico impaciente. Eu gostaria de voltar a esse momento e permanecer agarrada à minha mãe. Deixem sair todos os aviões que quiserem, que deem a volta ao redor do mundo se desejarem, enquanto eu sinto a mão da minha mãe na minha cintura. Sinto que naquele dia perdi um voo. E não era um da British Airways.

XXII

Desde criança eu sabia que na mala de tia Dolores tinha que haver um tesouro. E acho que comecei a descobri-lo, muitos anos depois. É o tesouro do passado que ela lembra.

Quando chego do trabalho, encontro Lewis e tia Dolores na cozinha. Estão acabando de jantar. Cheira a casca de laranja. Maialen dorme no quarto. Lewis me conta que Maialen estava com um pouco de febre quando foi para a cama, que ela estava me esperando porque queria me mostrar um desenho que fizera para mim. Ele me entrega o desenho de minha filha, e, ao ver que ela havia desenhado uma casa em frente a algumas montanhas, eu me lembro de minha mãe passando roupa e da menina desenhando ao seu lado. Tum, tum, penso ouvir o ferro e sentir o cheiro de roupas limpas.

— É para você — diz Lewis, entregando-me o desenho.

E é assim. É para mim. Embaixo da casa, Maialen escreveu *AMA* em letras maiúsculas. *AMA*. Porque *ama* é uma palavra que deve ser escrita em letras maiúsculas.

Penso no que deve ter passado pela cabeça de Maialen quando ela escreveu a palavra *ama*. Que mãe é essa que ela tem na cabeça. Uma mãe que aparece de vez em quando, que não está em casa quando ela vai dormir. Quando eu era menina, dizer "casa" ou dizer *"ama"* era praticamente a mesma coisa. Uma não era compreendida sem a outra. A casa era o reino da minha mãe, o lugar onde se encontrava sua proteção. Mas Maialen agora não identifica a casa comigo. Pergunto-me com o que ela me identificará.

Lewis me dá um beijo e vai para o quarto. Diz que me espera por lá, que está cansado porque acordou muito cedo hoje para terminar a tempo um trabalho. Se minha tia não estivesse aqui, eu pediria a ele que me desse outro beijo. Pediria outro beijo para preencher o vazio que sinto. Meu interior parece oco. Ultimamente, cada conversa que temos parece oca, como se toda aquela paixão que fez com que Lewis viesse morar comigo tivesse sido drenada. Como se eu também não encontrasse nada de novo para lhe oferecer.

Olho para minha tia e não a reconheço. Ela não se recuperou desde que a história do passado de minha mãe veio à tona. Acho que se sente culpada por não ter ajudado a irmã no momento em que sofreu tanto. Ela se sente culpada como eu. Também sinto o peso da culpa em meus ombros por não ter dito a tempo muitas coisas a minha mãe, por não ter percebido mais cedo o que estava acontecendo com ela. Cada uma de nós carrega uma pedra nas costas, e o peso dela é o que nos faz levantar de manhã, antes de todo mundo, para ir ao hospital, e esse peso é o que nos faz chorar quando vemos minha mãe na cama, entre lençóis brancos, com o olhar perdido.

Olho para minha tia e não vejo a Sininho da história. Seus olhos não brilham, estão diferentes. Ela me disse que não conseguiu dormir ontem à noite, enquanto prepara uma xícara de chá de tília. Foi estranho ouvi-la reclamar. Acho que estou prestes a ver a cor original do seu armário.

— Você não consegue esquecer o que *ama* lhe disse ontem, não é mesmo? — pergunto.

— Sim, não consigo tirar isso da cabeça.

— Não se preocupe, tia, você vai esquecer pouco a pouco.

— Não, não vou esquecer. As palavras de Luisa trouxeram de volta tantas recordações... Agora, vendo tudo isso a distância, percebo quanto sua mãe sofreu naquela época... E o pouco que a ajudei.

— Mas agora não há nada que você possa fazer. O que passou passou.

— O que passou, sim, mas não o que está passando. E o que para nós é passado se tornou o presente para sua mãe. Você entende? É como uma segunda chance para você e para mim.

— Uma segunda chance? Para quê?

— Sei que você vai me dizer que é loucura e pensar que eu perdi o juízo. Passei o dia pensando nisso e é possível, Nerea, é possível. Mas eu preciso de sua ajuda. Quero oferecer à sua mãe a ajuda que não lhe ofereci na época, quando ela tanto precisava.

— Mas como? Não estou entendendo nada.

— Muito fácil. Atendendo ao pedido dela... Levando-a até o farol.

— Você está falando sério, tia?

— Acho que nunca falei tão sério na vida, Nerea, juro.

Pensei ter ouvido a voz de tia Bittori ao fundo dizendo "que não chegaremos a ver!". Não posso acreditar no que estou ouvindo. Tia Dolores enlouqueceu, e não sei o que fazer, se rio ou choro. É melhor não fazer nem um, nem outro, porque, se eu começar a rir, não vou parar, e, se eu começar a chorar, também não. Levar minha mãe até o farol. Bom. Isso era tudo o que me faltava. Tudo o que preciso fazer é escrever em minha agenda com caneta azul: levar a *ama* até o farol. Minha tia definitivamente perdeu a cabeça.

— Ela precisa fazer as pazes com o mar. Vai se sentir livre, Nerea, e eu também.

— Mas é impossível, tia. Não podemos tirar a *ama* do hospital como ela está. Ou não se lembra do que o médico disse? Ele nem sequer nos deixa levá-la para casa na véspera de Natal, como vamos levá-la até o farol, a quilômetros daqui?

Tia Dolores vai em direção ao banheiro, me deixa falando sozinha. Fico olhando para a xícara sobre a mesa. Ouço a tosse de Lewis vindo do quarto. Acho que está me chamando. Deixo a xícara na pia e ando em direção ao quarto com a mão atrás das costas. Não falha. Uma vez por mês, parece que meus rins vão explodir.

XXIII

Gostaria de lhe contar, de lhe dizer: "Você sabe o que a tia quer fazer? Você não vai acreditar nisso, *brother*". Mas não consigo encontrar as palavras. Contar ao meu irmão o que a tia pretende fazer significaria contar toda a história de nossa mãe escondida por tanto tempo. E como dizer tudo isso a Xabier? Ele entenderia alguma coisa? Ou levaria as mãos à cabeça, dizendo: "O que você e a tia estão fazendo?". Diria, sem dúvida: "Deixe a *ama* em paz". Marcamos de almoçar. Finalmente nos encontramos.

— Temos que tomar uma decisão, Nere. Temos que pensar no que fazer com a *ama* quando ela sair do hospital. Não podemos levá-la para casa. Ela não pode ficar sozinha. Talvez devêssemos procurar algum lugar, uma casa de repouso... Não sei, acho que precisamos falar sobre isso também com a tia.

As palavras de meu irmão doeram em mim. É a primeira vez que falamos com tanta dureza e tanta transparência sobre a situação de nossa mãe. Eu a imagino olhando para nós, vendo seus filhos conversando sobre o que fazer com ela, para onde levá-la, como se fosse uma mala velha. Aquela menina que desenhava montanhas e aquele menino que suicidava vaqueiros decidindo para onde levá-la.

— Ontem ela estava falando e disse algo sobre um farol e o mar. Você sabe do que se trata? — me pergunta meu irmão, e acrescenta que nossa tia ficou muito nervosa quando ouviu o que ela estava dizendo.

— É incrível, não é, *brother*? Como a cabeça pode de repente fazer click — eu lhe digo, virando meu pulso, como quando se abre uma porta com chave.

— Sim, e de um dia para o outro. Porque entendo que uma pessoa idosa perde gradualmente suas faculdades mentais, mas acontecer o que aconteceu com a *ama*, o cérebro parece ter apagado do dia para a noite... Sem nos dar nenhum aviso, perder a cabeça assim...

Não diga isso, *brother*, penso. Não diga que *ama* perdeu a cabeça. Eu penso nisso, mas não digo nada, porque, ao contrário do que ele pensa, nossa mãe deu algum aviso, que ninguém mais viu além de mim, como no dia em que perdeu a cabeça enquanto preparava croquetes. Ela deu sinais, mas eu estava muito ocupada para vê-los e lidar com eles. E agora, ouvindo o que meu irmão diz, lembro-me das palavras do médico lamentando que ninguém houvesse notado nada antes. Se ao menos tivéssemos notado a tempo...

Observo Xabier descer a rua, após nos despedirmos. Será que ele ainda brinca com o filho de cometer suicídio de vaqueiros, atirando-os de cima da cama? Não sei se ensinou essa brincadeira a ele ou se o pequeno prefere jogar Nintendo ou PlayStation. Certamente prefere. E certamente Xabier diz: "As de antes, sim, eram brincadeiras, essas engenhocas, não". Embora, quem sabe, Xabier a esta altura também tenha ficado viciado em PlayStation e eles joguem juntos.

Xabier deixou a pergunta no ar: "O que vamos fazer quando nossa mãe sair do hospital?". E à tarde, ao buscar minha tia no hospital, o tema vem à tona, como os corpos sem vida dos desaparecidos depois de um naufrágio.

— No final, eu a vejo em uma casa de repouso — disse minha tia, no carro, olhando para a estrada. Não fala nada sobre velocidade. Parece que se acostumou.

— Por que diz isso, tia?

— Porque, como as coisas estão, não vejo outra saída. Quem mais vai tomar conta de sua mãe? Você? Você não pode... Se mal tem tempo de cuidar de sua filha...

Sinto um espinho em meu peito. Cravado em mim. As palavras de tia Dolores doem em mim.

— Quem vai tomar conta dela? Me diga. Eu ficaria feliz em fazer isso, mas já tenho de quem cuidar na Alemanha.

O tom de tia Dolores é totalmente desconhecido para mim. A Sininho se tornou azeda. A Sininho se cansou. Não voa mais deixando um rastro brilhante. Sininho pôs os pés na terra.

— Veja, Nerea, para onde quer que ela vá, para uma casa de repouso ou para a sua casa, sua mãe vai ficar trancada entre quatro paredes, como em uma prisão. Por que não realizamos o desejo dela antes? Vamos fazer isso, Nerea. Vamos levá-la até o farol, mesmo que pareça uma loucura. Antes que ela fique trancada, vamos deixar que o vento norte bata em seu rosto, envolva seu cabelo...

Aproveito a reta para olhar para o lado e vejo que minha tia está chorando. Seu queixo treme. Eu lhe daria um lenço, ou um abraço, mas não posso soltar o volante.

— Vamos permitir, ao menos uma vez, que ela faça o que quer. É o sonho dela. Quem somos para impedir que realize seu desejo?

De volta para casa, coloco Maialen na cama. Hoje cheguei a tempo. Ela me pede para contar a história de Alice, mas não estou no clima. Não quero relatar como aquela pobre garota caiu em um buraco. Só de pensar nisso, fico enjoada. Lewis prepara o jantar enquanto ponho Maialen para dormir. Jantamos rapidamente, terminando muito antes do que em outras noites. Tia Dolores mal fala durante a refeição e se retira para seu quarto sem sequer provar a sobremesa.

— O que há de errado com ela? — pergunta Lewis, enquanto escovamos os dentes.

Dou de ombros. Eu não sei. Então ele me pergunta se há algo de errado comigo. E respondo que sim, absolutamente tudo está errado comigo. "*Everything*, Lewis, *everything*", respondo com a boca cheia de espuma. E, assim que termino a frase, fico me perguntando se foi bem dita em inglês. Mesmo que eu fale todos os dias, nunca serei capaz de falar como ele.

Quando vamos para a cama, Lewis de repente se lembra que tinha um recado para mim. Maite ligou no telefone de casa. Havia tentado no meu celular, mas estava desligado. Fiquei sem bateria à tarde. Para que Maite me ligue em casa é porque tem algo importante para me dizer. Sua ligação me lembrou dos dias após o desaparecimento de Carlos. Também me ligou em casa, a casa de meus pais. Naquela época não existiam celulares. Foi ela quem me contou que Carlos havia desaparecido com outros dois jovens. E, com essa breve explicação, entendi tudo. Eu não precisava de mais detalhes e, se precisasse, também não teria encontrado ninguém disposto a me oferecê-las. Eu não queria dizer nada a meus pais, mas eles logo descobriram. No dia em que a polícia apareceu em casa, já sabiam que Carlos estava desaparecido. Eles me fizeram mil perguntas, mas não precisei ir à delegacia como os outros amigos de Carlos. Ainda bem, porque o que eles me disseram quando saíram me deixou de cabelo em pé.

Adormeço pensando em Carlos, e ele aparece em meus sonhos. Eu o imagino na porta de casa, barbudo. Parece um mendigo. Maialen sai pela porta comigo e, vendo um estranho barbudo, me pergunta, olhando-o de cima a baixo:

— O que você quer, *ama*?

Fico sem resposta. É exatamente isso o que eu quero saber.

XXIV

Assim como ao escutar uma canção antiga, bastava ver as fotos que eu tinha escondidas para lembrar o cheiro de Carlos e ouvir sua voz. Hoje, finalmente ousei abrir o envelope no qual mantenho as fotos de nossa juventude. Eu o fechei logo depois do desaparecimento dele, antes de eu viajar para Oxford, e não o tinha aberto até hoje. Depois que Carlos apareceu em meus sonhos, senti a necessidade de ver as fotos. Como se eu pudesse encontrar nelas a resposta à pergunta que Maialen me fez no sonho. Peguei o envelope, coloquei-o na bolsa e só o abri quando cheguei à redação. Eu não queria que Lewis o visse. Com as fotos nas mãos, o ruído de fundo da redação desaparecia da minha mente.

    Lembro-me do cheiro de maconha e de fumaça das roupas que usava naquele acampamento no alto de Urkiola. Na foto, estou sentada em frente à barraca sorrindo para Carlos, que está do outro lado da câmera, e tenho o braço em volta do pescoço de um grande cão preto. É Beltza, a cachorra de Carlos. A única que perguntou por ele depois que desapareceu. Quando a encontrava na rua — o tio de Carlos se encarregava de passear com ela —, Beltza pulava em mim, latindo, como se me perguntasse: "Cadê o Carlos?". Mas eu não tinha uma resposta para ela, assim como não tinha para mim, e ficava em pé a observando ir embora enquanto o tio de Carlos puxava a coleira. Continuava ouvindo o latido a distância. Cadê o Carlos. Cadê o Carlos.

    Lembro-me dos suspiros e da respiração ofegante naquela barraca. Lá, senti pela primeira vez o calor do corpo de um homem sobre meu ventre. Lembro-me dos passeios com Beltza no bosque de Urkiola. Lembro-me do cheiro de musgo. Respiro fundo, esquecendo que estou na redação, como se quisesse sentir o cheiro úmido do monte. Sim, éramos livres. Memórias tão doces me vêm à mente... Eu quase as tinha esquecido. Eu quase tinha esquecido que uma vez passei uma semana inteira acampando em Urkiola, dormindo em uma barraca, aquecendo comida em uma fogueira, cantando à noite ao som de um violão trazido por um amigo. Eu me imagino no mirante de Urkiola e me vejo rindo e gritando, olhando aquele pedaço de pedra que é o Amboto, com os braços erguidos. E essa imagem me faz lembrar outra. Aparece em minha mente como um quadro. Minha mãe olha para o mar e respira fundo, assim como eu respiro diante do Amboto. E sinto um frio no estômago. Minha mãe no farol, eu em Urkiola. As duas livres.

Vejo Fidel entrar na redação e fecho rapidamente o envelope das fotos. Abro o e-mail no computador e vejo que recebi uma mensagem da Maite. Lembro-me agora de que ela estava me procurando ontem. Escreve que está me ligando e não consegue falar comigo. Que queria me avisar. Que Iñaki disse a Carlos onde moro e lhe contou mais coisas sobre minha vida. Que, em todo caso, eu não me preocupe, que, se não quiser ver Carlos, ele não vai aparecer na minha casa do nada.

— Merda — digo em voz alta, mesmo que ninguém na redação esteja olhando para mim. Não importa o que eu diga, ninguém nunca olha, ninguém nunca tira o olho do monitor.

Me assusto ao lembrar do sonho em que Carlos aparece à porta da minha casa. Não sei por quê. Porque não tenho medo de Carlos. Como posso ter medo dele? Mas temo que o passado caia sobre mim como uma chuva. Porque, assim como acontece quando chove, às vezes uma maldita gota desce pelo pescoço, e um arrepio percorre todo o corpo. E não quero ter arrepios. Não posso ver Carlos. Não agora, pelo menos. Já basta a situação da minha mãe.

Sinto o cheiro da loção pós-barba de Fidel. Deixou um recado sobre a mesa. A coletiva de imprensa é dentro de uma hora, no centro. Terei que ir de ônibus. É impossível estacionar no centro a esta hora do dia.

Olho a rua pela janela do ônibus e observo a cabeça das pessoas subindo e descendo entre a multidão que ocupa as calçadas. Por um momento, acho que uma dessas cabeças poderia ser a de Carlos e, instintivamente, cubro o rosto com a mão para evitar que ele me reconheça. Lembro-me agora do que tia Dolores me disse, que minha mãe vai ficar trancada entre quatro paredes e que, antes que isso aconteça, devemos levá-la ao farol, temos uma oportunidade para que ela se sinta livre. Livre, como fui um dia naquele acampamento em Urkiola. Ouço Beltza latir, ela está entrando na floresta em busca do bastão que Carlos jogou. Ninguém a puxa pela coleira, como o tio de Carlos fará anos mais tarde.

Fecho os olhos e imagino o farol que minha mãe já mencionou tantas vezes. É um lugar rochoso. Há uma mulher sobre uma rocha. Ela posiciona as mãos nas laterais da boca e grita. Mas a mulher não é minha mãe, Luisa Izagirre. A mulher sou eu. Sou eu quem grita para o mar. Tenho a impressão de sentir cheiro de maresia e, pela primeira vez em muitas semanas, sinto-me bem, aliviada. Por um instante, o cheiro do hospital e o medo de ver Carlos desaparecem de minha mente. Por um instante, porque, ao sentir o ônibus frear, eu me dou conta de que cheguei ao meu destino e preciso descer.

Não consigo prestar atenção no que dizem na coletiva de imprensa. Ainda bem que liguei o gravador. Olhando para aqueles que falam, eu me imagino como um carro avançando por uma estrada sinuosa a caminho do litoral. Ouvem-se risadas de mulher dentro do veículo e, à medida que se afasta, ele vai deixando na estrada um rastro cintilante, como se do escapamento saísse pó dourado.

XXV

Luzes de Natal no hospital. Um homem de macacão azul em cima de uma escada de madeira pendura luzes no teto. Ele grita para outro homem que segura a escada. A instalação não deve ter sido feita corretamente. Sempre gostei de Natal, especialmente porque era a época em que minha tia vinha da Alemanha para passar alguns dias conosco, mas acho que as coisas estão mudando. Acho que este ano vou ficar enjoada ao ouvir a primeira canção natalina. Não estou com disposição para torrones nem para presentes.

Ao entrar no quarto de minha mãe, quase esbarro em tia Dolores saindo. Ela me diz que vai tomar um pouco de ar.

— Você veio cedo — diz ela.

— Sim, hoje terminei mais cedo.

Para mim é sempre a mesma coisa. Estou sempre atrasada para os lugares por causa do meu horário de trabalho. Atrasada para chegar em casa, atrasada para jantar com os amigos, atrasada para o hospital... E agora todos a meu redor já se acostumaram com o fato de que chego tarde. É normal que eu chegue para o cafezinho depois do jantar, que chegue em casa quando Maialen já está dormindo. E, quando acabo cedo — nunca sei a que horas vou acabar —, tenho a impressão de que ninguém está esperando por mim, e me olham com cara de surpresa ao me ver, como minha tia me olha agora mesmo. "Ah, você veio", dizem eles, e colocam outro prato na mesa de jantar, como quando aparece uma visita inesperada. "Ah, você veio", diz Lewis, e eu o pego no meio da história que está contando a Maialen e sinto que estraguei o momento. Eles não estavam me esperando.

Minha tia está no corredor. Diz que está muito quente dentro do quarto. E tem razão. Assim que entro, começo a transpirar. Minha mãe está acordada, de olhos arregalados, vendo TV, respondendo afirmativamente, balançando a cabeça para cima e para baixo a tudo o que o apresentador do programa diz. Eu a vejo mais acordada do que em outros momentos.

— Oi, *ama* — digo, e pego sua mão.

Ela olha para mim e sorri, apontando o dedo para a tela da TV, como se quisesse me dizer que estou perdendo o programa do ano. Parece uma menina. Age com total liberdade. Do outro lado do quarto, Pili diz que o programa é muito bom. Não é preciso me convencer disso, considerando a intensidade com que olham para a televisão. Até sua mãe, Pilar, está olhando para a tela, com o olhar fixo, assim como faz em outros dias para a janela. E, como todos os dias, permanece em silêncio. Faltou pouco para Pili aplaudir quando o programa terminou. Ela suspira e diz "até que enfim", certamente pensando que nunca ganhará o dinheiro que o concorrente levou.

Ao lado da cama da minha mãe está a bolsa de tia Dolores, aberta. Consigo ver a borda de uma fotografia antiga. Talvez seja uma foto secreta, uma das que minha mãe tirou com esse Germán, e eu enfim possa ver como ele era. Mas não. A fotografia é de meu pai e minha mãe quando estavam noivos. Estão de mãos dadas, e se vê o mar atrás deles. Dá para ver algumas rochas e o branco das ondas. Minha mãe sorri. O vento que vem do mar agita seus cabelos. Ela tenta tirar o cabelo do rosto com a mão, com um gesto tímido. E meu pai olha para ela, sorrindo também. Ele parece estar elogiando sua beleza. Parece dizer "como você é *beautiful*", assim como me disse Lewis em um obscuro *pub* de Oxford. Minha mãe está de costas para o mar, para o mesmo mar que ela agora quer olhar de frente. Como nos pediu. E, sem perceber, faço uma pergunta, sem soltar sua mão:

— Você quer mesmo que a levemos até o farol, *ama*?

Minha mãe olha para mim, mas parece não me ouvir. Continua sorrindo, como sorria para a televisão alguns minutos atrás. E não reparo que tia Dolores entra no quarto no momento em que pergunto novamente:

— Você quer ir até o farol, *ama*?

Ao ouvir a pergunta da minha boca, os olhos de tia Dolores brilham. Seu corpo parece se encher de bolhas de Coca-Cola. Ela pode explodir a qualquer momento. Pega meu braço e me pede para ir com ela até lá fora. Ela me leva para o corredor quase voando. Lá fora, as bolhas de Coca-Cola inundam o corredor.

— Por que perguntou aquilo?

Eu tento soltar meu braço da mão dela, mas parece um alicate.

— Você está disposta a isso, Nerea?

Tento me afastar em direção à área do elevador, mas ela me segue.

— Tia, ainda acho que é uma loucura. O farol está muito longe, e você sabe o que o médico nos disse, que é melhor não sair do hospital e ter um médico sempre por perto. E, além de tudo, você acha mesmo que a *ama* perceberia alguma coisa?

— Estou convencida de que sim. Ela não pode ter esquecido o cheiro do mar. Deve ter isso guardado em algum lugar do cérebro. Ela vai se lembrar assim que sentir o cheiro, tenho certeza. E pode se lembrar de mais coisas.

Imagino minha mãe olhando para o mar revolto, com os cabelos esvoaçantes, as mãos nas laterais da boca, gritando. Gritando com todas as forças. E sinto inveja. Também preciso gritar assim para me livrar de todos os meus medos, de todos os fantasmas que me assombram.

— Tia, mas você não entende que é impossível?

Ela não fala mais comigo a tarde toda. Quando saímos do hospital e entramos no carro a caminho de casa, não abre a boca. Até chegarmos à porta da garagem. Ao chegar lá, tomo um susto enorme. Piso no freio, e minha tia se assusta.

— Mas o que está fazendo? — ela me pergunta. — Ainda bem que eu estava usando cinto de segurança...

Vi um homem barbudo na porta da garagem e fiquei assustada, então freei com força.

— Não, não é nada... Levei um susto, só isso — explico com a voz entrecortada.

Ela me pergunta o que aconteceu comigo, se vi um fantasma ou algo do tipo. E a verdade é que eu pensei ter visto um fantasma. O homem barbudo parecia surpreso e um pouco assustado. Eu quase o atropelei. Até ter certeza de que é o vizinho levando o lixo para fora, não consigo respirar com tranquilidade.

— Já lhe disse que está indo rápido demais...
— Não estou, tia, eu sei dirigir.
— É igual ao seu pai. Já sei, já sei...

Minha tia continua me recriminando até que eu estacione o carro. Faço mais manobras que o normal, como se a vaga da garagem tivesse diminuído de um dia para o outro.

XXVI

Busco o calor de Lewis quando deito na cama. Ele está sentado, apoiado em almofadas, e tem nas mãos algumas folhas de papel e uma caneta vermelha. Diz que precisa terminar uma revisão. E lá vai ele, riscando uma palavra aqui, escrevendo outra ali; levando uma palavra dentro de um círculo vermelho de uma parte para outra da frase; uma flecha aqui, outra flecha ali. E relê a frase, a mesma que já leu mil vezes. Passa o dia assim, com o nariz metido entre as letras. Às vezes me dá a impressão de que está manuseando um pergaminho, com essa cor pálida que ele tem. Eu me agarro a sua cintura, e ele segue com seu trabalho. Sobe os óculos com o dedo, eles tinham escorregado para a ponta do nariz, e depois coça o topo da cabeça com a caneta.

Concentramos toda a nossa energia no trabalho. Deixamos as sobras para o nosso relacionamento. Dedicamos a ele o tempo em que já estamos cansados, depois de uma jornada de trabalho. É sempre o tempo que sobra, a energia que sobra, os sorrisos que sobram. Quando nos encontramos, estamos quase vazios, como se alguém tivesse roubado nosso conteúdo.

Eu gostaria de falar mais com Lewis. Me sentar e conversar com ele. Não falar enquanto fazemos alguma coisa, mas nos sentarmos para conversar. Gostaria de contar tudo o que descobri sobre o passado de minha mãe, por exemplo. Quantas coisas me aconteceram desde que minha mãe deu entrada no hospital. Quantas coisas descobri sobre minha mãe e tia Dolores. Gostaria de contar tudo isso e concluir com um suspiro e a frase: "Como é a vida, Lewis". Gostaria de parar o tempo e poder viver este momento. Parar o tempo do mesmo jeito que ele para em uma fotografia. Gostaria de dizer que minha mãe teve um namorado chamado Germán quando jovem e não pôde realizar o sonho que havia construído com ele. E gostaria de perguntar onde ficam esses sonhos. Se eles se perdem para sempre ou se acabam vindo à tona quando menos esperamos. Sentar a uma mesa e conversar. Com Lewis. Dizer que tia Dolores não pode suportar o peso da culpa porque acha que não ajudou a irmã quando deveria e agora quer resolver tudo levando-a à praia. Gostaria de dizer a ele: "Como é a vida, Lewis". *"That's life"*, ele responderia. E eu falaria sobre Carlos. Nunca falei com ele sobre Carlos. Eu não disse a ele que seu fantasma sempre me assombrou e que agora, de repente, ele apareceu na minha frente, como um pesadelo. Gostaria de contar a ele, mas não ouso, assim como não ouso contar a história secreta de minha mãe.

Digo que temos que pensar para onde minha mãe vai quando sair do hospital. Que falei sobre isso com Xabier, mas não chegamos a nenhuma conclusão. Ele diz que sim, balançando a cabeça para cima e para baixo, e continua fazendo a revisão, riscando palavras, movendo-as com sua caneta vermelha.

— Tia Dolores quer levar a *ama* para ver o mar — digo.

— Ver o mar? — me pergunta, surpreso.

— Sim, o mar. *Ama* nos pede há muitos dias que a levemos até o farol. Minha tia me disse que, quando minha mãe veio morar na cidade, não conseguia se acostumar a não ver o mar, que se sentia sufocada e o procurava sem parar por entre os espaços abertos nas ruas, mas não conseguia encontrar. Talvez ver o mar não lhe fizesse mal algum... — disse a última frase sem sequer perceber o que estava dizendo.

— Mas sua mãe entenderia alguma coisa? — ele me pergunta, em inglês, subindo novamente os óculos da ponta do nariz. — Ela consegue ter noção de alguma coisa?

— Claro que consegue — respondo, ofendida. — É claro que saberia onde está. O cheiro da maresia, o som das ondas batendo nas rochas, o vento do norte soprando em seu rosto... É claro que saberia.

    Lewis coloca as folhas de papel no chão, sobre o tapete. Tira os óculos e deita. Beijo seus lábios, e em seguida ele apaga a luz. Sua respiração torna-se cada vez mais profunda. Adormeço ouvindo-a, e seu som me lembra o das ondas que sobem e descem e batem nas rochas.

XXVII

Dolores viu Luisa em um canto da cozinha, como se estivesse se escondendo.

— Germán está lá fora. Pergunta por você — disse Dolores à irmã, surpresa com seu rosto tão pálido.

Luisa pediu que ela se calasse, colocando o dedo indicador nos lábios. Disse que não queria ver Germán. Que lhe dissesse que havia saído. Assim fez Dolores, e Luisa não saiu da cozinha até sentir que Germán saíra para a rua. Ela tremia.

— Onde você estava? — perguntou Bittori quando a viu, e depois colocou em suas mãos o vaso cheio de flores que estava no balcão e ordenou que o levasse para a mesa junto à janela, onde um jovem estava sentado.

— Você pode levantar a cabeça, por favor? — Bittori lhe disse. — E sorria, ou algo assim, para o rapaz, por favor.

Com as mãos ainda tremendo, Luisa pegou o vaso e, ao tentar colocá-lo sobre a mesa, ele escorregou e caiu sobre o jovem. Ela o molhou de cima a baixo, e as flores se espalharam sobre a mesa. Luisa, ruborizada, implorou que a perdoasse. Naquele momento ela soube o nome do jovem que comia no restaurante duas vezes por semana. Ele lhe disse que seu nome era Paulo, Paulo Etxebarria, enquanto secava a calça com um pano de prato.

XXVIII

Uma coisa curiosa aconteceu comigo e com Pili. Quando cheguei ao hospital, encontrei-a dando voltas em frente à área dos elevadores, muito nervosa. Ao me ver, correu até mim. Ela me disse que sua mãe, Pilar, havia sido levada para fazer alguns exames e não a deixaram acompanhá-la. Tentei tranquilizá-la segurando suas mãos. Pensei então que a mulher que estava à minha frente nunca deixaria sua mãe sozinha e então me veio à mente a conversa que Xabier e eu tivemos sobre o que fazer com nossa mãe quando ela sair do hospital. Fiquei enojada ao pensar que tínhamos falado sobre onde colocar nossa mãe. Pili nunca faria isso, ela a acompanharia até o fim, aonde quer que ela fosse.

Ela se acalmou um pouco, e entramos no quarto. Lá ela me disse que, quando deixassem o hospital, iriam para a Galícia, para a aldeia de sua mãe, que ela acha que lhe fará bem voltar para lá, que ela sempre pensou em sua aldeia, em todos os anos que passou aqui, sempre querendo voltar. Foi a primeira vez que Pili falou comigo sem palavras de sobra. Apenas palavras de ouro passaram pelo crivo do mecanismo de busca. E são essas palavras de ouro que me levaram a tomar a decisão.

Achei que fosse loucura tirar minha mãe do hospital, levá-la de carro por tantos quilômetros até o litoral, só para que pudesse ver o mar. Achei que fosse loucura, especialmente em razão do que o médico nos disse, mas estou disposta a fazer essa loucura.

Saio correndo do hospital, a caminho de casa, para encontrar minha tia e dizer que estou disposta a fazer uma loucura e, assim como todos os que estão conscientes de que vão cometer uma loucura, sinto que minhas pernas não pesam, sinto que elas voam. E que, como acontece com todos os que estão conscientes de que vão cometer uma loucura, sinto correntes de água dentro de mim, de um lado para o outro, sinto as ondas batendo contra meu coração e tenho a impressão de que a espuma que elas criam vai sair da minha boca como palavras. E de repente tudo ao meu redor assume formas arredondadas, sem bordas, sem cantos. Como qualquer pessoa que vai cometer uma loucura, eu me vejo na beira de um penhasco, pronta para pular, e não tenho medo, porque sei que vou acabar caindo na água e não sou nada além disso, água que corre em minhas veias e cria correntes dentro de mim.

Ao entrar em casa, encontro tia Dolores dormindo no sofá. A casa é estranha a esta hora do dia. Raramente estou em casa a esta hora em um dia de expediente, estranho a luz que entra pela janela. Para mim, essa é a luz do fim de semana. Lewis foi almoçar com o editor, e minha tia está sozinha, deitada no sofá, exausta. Há uma xícara de chá de camomila em cima da mesa. Ficou frio sem que ela tivesse dado um único gole. Não me admira que tenha adormecido, ela não pregou o olho a noite toda. Ela não espera me ver em casa a esta hora do dia, então torço para que não se assuste muito quando me vir. Vai começar a me fazer perguntas, uma após a outra, assim que me vir, com certeza. Tentando descobrir o que aconteceu, tentando descobrir por que não estou trabalhando. E tentarei explicar que entrei no carro e que o carro, em vez de me levar para o trabalho, me trouxe até aqui como se fosse conduzido por uma força invisível.

Raramente vi tia Dolores tão quieta como agora, com uma das mãos em cima da outra na barriga. Assim ela se parece com minha mãe, quieta como ela no hospital. As mãos sobem e descem, no ritmo da respiração. Seu abdômen se enche de ar e esvazia. Essas mãos. Como essas mãos trabalharam durante todos esses anos, quantas malas arrumaram, quantas cartas escreveram. Não deve ter sido fácil para tia Dolores acostumar-se a viver tantos anos longe de casa. Ela foi com o tio Sebastián para a Alemanha à procura de algo que não conseguiam encontrar aqui, e a viagem, que originalmente seria de ida e volta, transformou-se em só de ida. A filha cresceu lá como as sementes que caem em solo fértil, e ocorreu com eles o mesmo que se dá com os navios quando lançam âncora ao mar: ficaram presos àquela terra. Suponho que, como todos aqueles que um dia deixam sua pátria, tia Dolores sinta um vazio. Assim como certamente sente a mãe de Pili, Pilar, distante de sua Galícia natal.

Ao vê-la assim, afundada no sofá, ninguém acreditaria em mim se eu dissesse que esta mulher pode voar; embora, se notassem o brilho em seus olhos, acabariam acreditando em mim. Acreditariam que tia Dolores é bastante capaz de voar e até mesmo de deixar um rastro de poeira dourada.

Tusso, e minha tia pula como uma mola. Como previ, assustou-se ao me ver em casa a esta hora.

— Mas o que está fazendo aqui? O que aconteceu? — grita, assustada, ao se levantar do sofá e parar na minha frente.

— Sente-se, tia — peço.

— Mas você não deveria estar no trabalho? — pergunta-me, olhando para o pequeno relógio dourado que leva no pulso.

— Tia, precisamos conversar.

Ela volta a sentar. Minhas primeiras palavras são desajeitadas, é difícil encontrar a maneira de dizer o que quero, como se eu não soubesse por onde começar. Mas, quando começo, uma palavra atrás da outra sai da minha boca, como se uma resvalasse na outra, assim como os peixes resvalam uns nos outros quando são soltos da rede no convés do barco. Agradeço por tudo o que ela fez desde que chegou de Frankfurt e depois falo de minha mãe. As palavras continuam resvalando, como peixes. Minha garganta dói e meu coração palpita.

— Tia, percebi que não podemos negar nada a *ama*. Não podemos dizer não a ela.

Ela me olha intensamente e agarra com força as minhas mãos. Olho mais uma vez para aquelas mãos que arrumaram mil malas, que escreveram mil cartas. Não me diz nada, mas não é preciso. Vejo em seus olhos um sinal de gratidão.

— Se *ama* pudesse nos ouvir, diria que estamos loucas — digo sorrindo.

Minha tia volta a pular do sofá. Ela me olha por um tempo de cima a baixo e me abraça com força. Choramos e rimos ao mesmo tempo, pois ambas sentimos correntes de água subindo e descendo por nosso corpo. Essas são as correntes sentidas por qualquer pessoa que esteja disposta a cometer uma loucura.

Deixo a redação sorrindo. Não consigo me lembrar da última vez que deixei o trabalho assim. Até me vejo mais jovem e bonita no espelho do elevador. Pedi alguns dias de licença por motivos pessoais. Fidel não se atreveu a negá-los para mim. Na rua, ligo para Xabier. Precisamos conversar.

— Agora?

— Sim, agora — respondo.

Nós nos encontramos em um café no centro, perto de seu escritório. Ele aparece de gravata azul, e a primeira coisa que me diz é que tem pouco tempo. Logo me pergunta se aconteceu algo grave, se tem alguma coisa acontecendo com *ama*. Está tudo bem, digo, mas tenho que lhe dizer algo urgentemente. Sinto correntes de água disparando por minhas veias.

— Eu sei que você vai dizer que somos loucas de pedra, *brother* — digo a ele, já sentados à mesa perto da janela. — É uma história muito longa para contar de maneira repentina. Sei que isso vai soar estranho, mas, em resumo, pensamos em levar *ama* até o litoral, para ver o mar.

— Como assim? É uma piada ou uma daquelas loucuras da tia? — me pergunta levantando as sobrancelhas.

— Não é uma história da tia, é uma história da *ama*.

Xabier franze a testa. Não está entendendo nada.

— Não entendo. Você não se lembra do que o médico disse? Se ele nem sequer nos deu permissão para que ela vá para casa uma noite, como vamos levá-la para o litoral, dirigir quilômetros com ela em um carro?

O tom de voz de Xabier endurece. Com a última frase, ele bate na mesa, e as xícaras tremem.

— Você sabe que *ama* está dizendo que quer ir para o farol. A tia me disse que, se realizarmos seu desejo, talvez isso a ajude a...

— Mas você não percebe que *ama* nem sabe o que diz?

As palavras do meu irmão me perfuram como espinhos e me machucam. Assim como da última vez em que conversamos e começamos a pensar no que fazer com nossa mãe quando ela sair do hospital. Ficamos em silêncio por um tempo, até que Xabier suspira e leva as mãos ao rosto, esticando sua pele.

— Olha, Nere, não consigo lidar com estas coisas, de verdade. Estou atolado no trabalho, não consigo tirar da cabeça como vamos resolver a situação da *ama* quando ela sair do hospital, e agora você vem com esta história de que quer levá-la para uma excursão. Vocês enlouqueceram? Acham que sabem mais que os médicos? Que isso fará bem a ela... Mas, afinal, o que vocês sabem?

— *Ama* entende mais do que pensamos.

Xabier mais uma vez cobre o rosto com as mãos. Acho que se arrepende de ter dito que nossa mãe não entende nada. E agora ele não sabe o que dizer.

A garçonete vem buscar as xícaras. Deixa cair uma colher no chão. Xabier a pega e entrega para ela.

— A colher suicida... — digo sorrindo. — Lembra-se dos vaqueiros suicidas que você jogava da cama para o chão?

Xabier não consegue resistir e sorri, mesmo que continue com o rosto fechado.

— E como *ama* gritava comigo da cozinha? "Os vizinhos estão subindo...!"

A testa relaxa, e ele fica olhando a rua pela janela, pensativo. As pessoas correndo na chuva.

— Mas realmente é tão importante que ela veja o mar? — me pergunta, mais relaxado.

— Sim.

— Você sabe mesmo o que está fazendo?

— Sim.

— Não sei, Nere, não sei...

As correntes de água continuam a fluir dentro de mim. Olho para meu irmão esperando por uma resposta. Xabier enche o peito de ar e expira com força.

— Mas... — Sorri sem terminar a frase. — Mas vocês estão meio loucas, né?

— Um pouco, *brother*, mas só um pouco — digo, e ambos rimos, como quando éramos crianças e fazíamos arte.

Gostaria de explicar a Xabier como me sinto, como se sente uma pessoa que está prestes a cometer uma loucura, mas ele me diz que está com pressa e precisa voltar ao trabalho.

— Não entendo nem concordo com isso, mas se você realmente acha que é tão importante para *ama*... — diz ele ao sair do café, depois de me lembrar de não esquecer meu guarda-chuva ali.

Enquanto nos despedimos, por um momento pude ver em seus olhos o olhar do menino que suicidava seus vaqueiros de plástico, jogando-os de cima da cama. Não via esse olhar havia muito tempo.

No caminho para o carro, liguei para Maite. Tenho que contar a ela com urgência que vamos levar minha mãe até o farol, para ver o mar.

— Maite?
— Nere...

Pela maneira como ela me responde, acho que não a peguei num bom momento.

— Tudo bem? Pode falar? — pergunto.

Ela respondeu que sim, que pode falar, que está com Iñaki e alguns amigos... Mas não termina as frases. Digo que vamos levar minha mãe até o farol. Não, ela ainda não teve alta, mas vamos tirá-la do hospital de alguma forma, sem que eles percebam, preferimos fazer assim porque, se pedirmos permissão, isso vai complicar nosso plano. Maite me responde de maneira monossilábica. Mas, em uma dessas respostas, me corta e fala sem rodeios:

— Ele está aqui, Nere. Ele está com a gente.

Não preciso perguntar de quem ela está falando. É de Carlos. Ele está com Maite e Iñaki. Meu coração acelera, e, quando se faz silêncio e não ouço a voz de Maite do outro lado do telefone, sinto horror de pensar que de um momento para o outro possa ser Carlos falando comigo. Mas não. A respiração que se ouve no telefone é dela.

— Você está aí, Nere? — Maite me pergunta.

Custa-me articular as palavras.

— Onde vocês estão?

— Bebendo algo no Aritza.

— Como ele está?

— Bem, diferente, mas bem. Está me olhando de dentro do bar, pela janela. Nere, acho que ele percebeu que estou falando com você.

Sinto o olhar de Carlos, como se saltasse do telefone. E ficasse cravado no meu peito.

— Quer falar com ele? — Maite me diz.

Fico sem palavras. Quero responder não, mas ao mesmo tempo sim. Quero ouvir a voz dele, mas também não quero. Tenho medo de que ao som de sua voz uma camada de tinta se desprenda de mim, como um armário que, ao descascar, revela a cor que tentei esconder todos estes anos, desde que Carlos desapareceu. Minhas pernas estão tremendo. Sento em um banco na rua, mesmo que esteja encharcado.

— Não, Maite... Mas diga que um dia falarei com ele. Agora não, mas nos veremos, com certeza. Não vou mais fugir.

— É mesmo?

— Sim, Maite, eu quero mesmo vê-lo. Eu vou vê-lo. Me diz. Ele está sozinho?

— Ele veio sozinho, mas deixou esposa e filho do outro lado. Até que decidam o que fazer, se vão ficar ali ou vir para cá, não sairão de lá. Por segurança.

— Diga a ele que vamos nos ver. Que me dê um pouco de tempo, e vamos nos ver.

— Vou dizer a ele. Sabe, Nere? Ele está sorrindo para mim de dentro do bar... Acho que está sorrindo para você.

O sorriso dele não mudou. É o mesmo de sempre. É o sorriso de Carlos.

Assim que desligo, com o sorriso de Carlos na cabeça, tenho a impressão de sentir um odor familiar, de umidade, de musgo. Vejo Carlos em uma floresta, jogando um galho para Beltza, e ele ri sem parar, porque Beltza tem um galho muito maior entre os dentes do que aquele que jogou. Respiro fundo. Posso sentir o cheiro do musgo do bosque de Urkiola, apesar de eu estar no centro da cidade.

Não sei quanto tempo se passou desde que desliguei o telefone. Não sei há quanto tempo estou sentada neste banco. Não me levantei até a chuva recomeçar. Chego em casa com o cabelo molhado. Não abri o guarda-chuva no caminho, como se tivesse esquecido que o carregava. Encontro Lewis preparando o jantar. Tia Dolores ainda não chegou do hospital. Maialen devora com os olhos os desenhos animados na televisão. Sento ao lado dela no sofá, mas, assim que começo a falar, ela me diz para ficar quieta, que não consegue ouvir o que Doraemon está dizendo, e para não tocá-la, porque estou molhada. "Tá bom, tá bom", digo e saio da sala.

Vejo Lewis de costas na cozinha, me aproximo dele e abraço sua cintura, como um náufrago se agarra a um tronco. Encosto a cabeça em suas costas. Lewis diz "hummm" ao provar com a colher a sopa da panela, ainda que seja daquelas instantâneas. Ouço as batidas de seu coração. Eu me pergunto quão rápido esse mesmo coração batia naquela noite em que nos conhecemos no *pub* em Oxford. Tenho certeza de que seu pulso acelerou quando me disse que eu era muito *beautiful*.

Não consigo tirar Carlos da cabeça. É como se eu tivesse acabado de falar com ele. Foi assim que me senti, e tenho a impressão de ter tirado um peso dos ombros. Tenho a impressão de que o fantasma de Carlos desapareceu da minha cabeça. Acho que chegou a hora de contar a Lewis sobre Carlos. Tenho que contar a ele essa parte da minha vida, porque percebi que, assim como se dá com palavras mágicas, será suficiente para mim pronunciar o nome de Carlos na frente de Lewis para que o fantasma que me assombrou durante todos estes anos desapareça para sempre. Como que por magia.

    Quando tia Dolores chega e sentamos todos juntos para jantar, a cena me faz lembrar dos jantares de quando eu era criança, com minha mãe, meu pai e meu irmão ao redor da mesa. Vejo meu pai tentando abraçar minha mãe, envolvê-la pela cintura, mas minha mãe desliza, envergonhada, como se lhe pedisse para não fazer isso na frente das crianças. Com essa memória na mente, sorrio. E Lewis me pergunta do que estou rindo. "De nada", respondo e pego Maialen pela mão para levá-la para a cama. "É hora de dormir."

    — Vai me contar uma história, *ama*? — ela me pergunta enquanto caminhamos pelo corredor em direção ao quarto.

    Mais do que a história da Alice, eu gostaria de contar a ela como é cometer uma loucura, mas teremos tempo para isso.

    — Sim, Maialen, hoje, sim. Hoje vou contar a conversa de Alice e do gato. Não era um gato qualquer, ele aparecia e desaparecia...

    E então, assim como o gato desapareceu da árvore, minha filha e eu desaparecemos pelo corredor a caminho do quarto.

XXX

A antiga Telefunken não está mais na sala de jantar. Outra televisão já tomou seu lugar há muito tempo. Xabier e eu a compramos quando nosso pai estava doente. Meus pais passavam muitas horas em casa nessa época, e decidimos comprar-lhes uma mais atual para substituir a antiga, diante da qual costumávamos lanchar quando éramos crianças.

 Assim que abro a porta da casa de minha mãe, sinto o cheiro de lugar fechado. Desde que minha mãe foi internada, vim várias vezes para regar as plantas ou pegar algumas roupas, mas só hoje notei esse cheiro de lugar fechado, quase claustrofóbico. Olhando para a televisão, lembrei-me da antiga Telefunken e da fotografia que ficava em cima dela. Uma fotografia em preto e branco na qual as mãos da minha mãe seguram meu queixo. Agora não há mais nada sobre a televisão, e a fotografia está em uma prateleira do armário ao lado de outras: a do casamento de meus pais, a da primeira-comunhão minha e de Xabier, a do aniversário de Xabier... São momentos roubados da vida que agora ficam esquecidos em uma prateleira do armário, cheios de poeira, em frente à enciclopédia.

 Os gerânios estão cabisbaixos atrás da janela. Eu a abro e toco as folhas da planta. Parecem mortas, mas não estão. O gerânio é uma planta muito resiliente e, quando lhe falta água, fica hibernando, parece morta, mas, uma vez regada, se recupera novamente. Espero que o mesmo ocorra com minha mãe, espero que ela seja tão resiliente quanto o gerânio e também reviva. Que as palavras acabem florescendo de sua boca.

 No quarto de minha mãe, procuro em seu armário roupas de frio para nossa viagem até o farol. Há um silêncio completo na casa, mas, ao entrar em seu quarto, parece que ouço uma velha canção. É a sua voz, que se colou às paredes. Tenho que engolir em seco antes de abrir o armário. Ao mover os casacos que estão pendurados, sou dominada pelo cheiro de cânfora, e, com ele, uma imagem chega a mim: uma menina se esconde dentro do armário, e sua mãe pergunta em voz alta do lado de fora: "Onde está Nerea? Onde está Nerea?", embora ela saiba onde a filha está escondida. De um momento para o outro, a filha vai sair, e a mãe vai parecer surpresa e dizer: "Que susto! Mas onde você estava?".

Tiro um casaco e deixo-o sobre a cama enquanto continuo procurando no armário. Tiro uma echarpe de uma das gavetas e a aproximo do meu nariz. Pensei que cheiraria como minha mãe, que teria o perfume que ela costumava usar aos domingos, mas não tinha. Está há tanto tempo no armário que cheira a cânfora. Na mesma gaveta há uma pequena pasta. Eu a abro e encontro folhas de papel quadriculadas escritas à mão. Na primeira há a receita de uma torta de maçã. É a caligrafia de minha mãe. Ela detalha quanta farinha, quanto açúcar, quantos ovos são necessários. O tempo amarelou a folha. São receitas escritas por minha mãe na época em que trabalhava no restaurante Izaguirre. Besugo ao molho, atum com tomate, arroz-doce. Algumas das folhas têm manchas de azeite. Molho americano, salsa verde... Posso ouvir a voz de tia Bittori ditando as receitas para minha mãe. Pudim de leite, *intxaursaltsa*. Algumas palavras estão borradas pelas manchas de azeite. Poderiam bem não ser manchas de azeite, mas, sim, lágrimas de minha mãe, quando chorava magoada. Lágrimas que caíam sobre o papel enquanto ela escrevia: duas colheres de açúcar, três colheres de farinha... Sinto uma pontada no estômago, como se a dor de minha mãe tivesse transcendido o tempo e o espaço.

Deixo a pasta em seu lugar, saio do quarto e vou até a porta. Antes de sair, dou uma olhada na cozinha. Lembro-me por um momento da mesa que havia na velha cozinha, onde minha mãe passava roupas. Está tudo diferente agora.

Foi reformada há alguns anos, e onde antes ficava o fogão a gás agora existe um de indução. Foi perto dele que encontrei minha mãe não faz muito tempo tentando fazer croquetes sem acertar os ingredientes. Tia Bittori provavelmente também a obrigou a escrever a receita dos croquetes. Como é possível que tenha se apagado de sua cabeça, sendo ela uma Izagirre.

Não quero sair sem dar uma olhada naquele que foi meu quarto por tantos anos. Eu o conheço como se fosse parte de mim. As almofadas sobre a cama, tudo que fui pregando na cortiça da parede: entradas de shows, o adesivo antinuclear, uma placa que diz: *"Don't step on the grass, smoke it"*. Com eles se deu o mesmo que com as fotografias antigas, ficaram congelados. Também são momentos roubados, cada um deles me faz lembrar de algo. Imagino que ver Carlos outra vez será um pouco como entrar neste quarto. Carlos também é um quarto fechado há muitos anos.

Com o casaco e a echarpe pendurados no braço, vou embora e, ao fechar a porta, penso nas palavras de tia Dolores: "Aonde quer que vá, sua mãe ficará trancada entre quatro paredes". E tenho uma sensação de asfixia. Desço as escadas correndo. Preciso de um pouco de ar fresco, lá dentro o ar estava me sufocando.

XXXI

Se eu não tivesse tomado a decisão de levar minha mãe até o farol, estaria agora mesmo na redação, resmungando enquanto apoiava meu cigarro aceso no cinzeiro. Mas estou em casa. Acompanhei Maialen até o ônibus escolar e estou de volta com dois *croissants* que comprei na padaria. Tomarei café da manhã com Lewis. Chá para ele, café para mim. Tia Dolores foi cedo para o hospital. Ela me beijou na testa antes de sair, como se eu fosse uma criança, e me senti aliviada.

Com Lewis na minha frente tomando café da manhã, me recordo da imagem com a qual tantas vezes sonhei, em que Lewis e eu sentamos e conversamos. Estamos frente a frente, sentados à mesa. E o sol entra através da janela. A situação se parece muito com a ideal. Estou rindo porque o *croissant* de Lewis se desmanchou e ficou mergulhado no chá. Pergunto a ele se o *croissan*t cometeu suicídio. Ele ri, e eu, muito seriamente, lhe digo para não rir, que em minha família já sofremos muito com suicídios. Ele permanece sério por um momento, mas logo percebe que é brincadeira, e conto que meu irmão Xabier era um especialista em suicidar seus vaqueiros de plástico, jogando-os da cama para o chão. Suponho que será muito difícil para Lewis imaginar Xabier, a quem sempre vê de terno e gravata, suicidando vaqueiros de plástico.

— Gostaria de ir com vocês amanhã — diz ele.
— Mesmo?

Lewis não imagina como fico entusiasmada ao ouvi-lo dizer isso.

— Sim, não sei exatamente o que significa para vocês levar sua mãe para ver o mar, mas, desde que decidiu fazer isso, você mudou muito, para melhor.

— Mudei? Como eu estava antes?

— Bem, você tem andado um pouco tensa, né? Desde a doença de sua mãe, não tivemos oportunidade de conversar com calma.

Lewis me diz que tentou algumas vezes, mas foi como falar com uma parede, que eu estava fechada em meu mundo, que não ouvia, quando eu pensava que era ele quem não queria ouvir. Parecia que, se ele me tocasse, eu acabaria explodindo.

Levanto da mesa e digo a ele para esperar um segundo, há algo que preciso lhe mostrar. Tiro da bolsa o envelope com as fotos do acampamento de Urkiola com Carlos, as fotos que tenho escondido há tantos anos.

— Olha, você conhece essa garota abraçando um cachorro preto? — digo, apontando para a foto em minhas mãos.

Lewis olha para cada uma das fotografias com grande curiosidade. É a primeira vez que as vê.

Quando saio de casa me sinto leve, como se tivesse tirado um grande peso, como se tivesse sido libertada de algumas amarras. Depois de falar sobre isso com Lewis, sinto que enfim estou livre do fantasma de Carlos.

Ao chegar ao hospital, encontro tia Dolores pintando os cabelos de minha mãe no banheiro. Ela se assusta quando me vê entrar. Pensou que fosse uma enfermeira e supôs que fazer tal coisa fosse estritamente proibido, mesmo que ninguém tivesse dito isso. Os olhos da minha mãe estão bem abertos, o cabelo, molhado. Parece uma criança que acabou de sair da água cuja mãe a enrolou em uma toalha. Treme com o olhar perdido no mar. Assim que ela terminar de pintar, precisamos conversar um pouco sobre a melhor maneira de tirar minha mãe do hospital amanhã sem que ninguém descubra. É melhor fazer dessa forma, sem que ninguém perceba.

XXXII

Acordo antes que o despertador toque. Estava esperando o alarme, de olhos arregalados, entre os lençóis revirados. Eu me mexi muito essa noite, e Lewis também. Mal consegui dormir, apesar de ter passado a noite bocejando.

O banheiro está ocupado, a luz está vindo de debaixo da porta. É minha tia. Ela também se levantou mais cedo do que o planejado. Tenho certeza de que tampouco conseguiu dormir. Ela confirma isso no café da manhã. Me diz que o nervosismo a manteve acordada a noite inteira. Bem, o nervosismo e o vento que fez bater a persiana a noite toda. Clack, clack, clack. Minha tia diz ter passado a noite ouvindo aquele barulho, clack, clack, clack. E ninguém consegue dormir dessa maneira.

Lewis aparece na cozinha assim que o café começa a sair da cafeteira. Diz que devemos ir com calma, que ele fica com Maialen, e que devemos ligar para ele assim que chegarmos. Que liguemos para ele e contemos tudo, por favor. Parece que Lewis também está nervoso com nossa viagem para o farol.

Maialen aparece na porta da cozinha, descalça, esfregando os olhos com as mãos. Ela nunca acorda tão cedo.

— O que houve, Maialen? — pergunto.

Ela corre até mim e pula no meu colo. Ainda bem que tive tempo de pôr a xícara na mesa. Ainda está meio adormecida. Apoia a cabeça no meu peito, como se quisesse ouvir as batidas do meu coração. Quer grudar em mim, como quando esteve dentro de meu corpo.

— Te acordamos, querida? — pergunta minha tia enquanto lhe acaricia a bochecha.

Mas Maialen não responde. Levanta a cabeça e me olha fixamente. De baixo para cima, como Alice olhou para o gato. E, como Alice, ela também pergunta:

— Aonde você vai?

Eu ia dizer a ela que ia trabalhar, mas a resposta veio até mim sem pensar, direto do meu âmago:

— Ver o mar.

— Eu também quero ir.

Sorrio para ela e lhe respondo, enquanto afasto a franja de sua testa:

— Você também vai, mas outro dia, tá bom?

— Não, *ama*, agora... — me implora.

— Vamos combinar uma coisa? Vou tirar uma foto do mar e trazer para você.

Ela não se conforma, mas, assim que tia Dolores lhe diz que tem uma coisinha para ela em seu quarto, ela esquece o mar e sai correndo.

É sábado, não há muita gente na rua. Tia Dolores e eu caminhamos até o carro. Ontem, estacionei-o na rua. Há momentos em que a garagem me deixa claustrofóbica.

O céu está limpo, e sopra um vento leve vindo do norte. Vai ser um daqueles dias mais frios e ensolarados. Ainda bem que não está chovendo.

Dou a partida e, a cada semáforo que paro, fico olhando pelo vidro, e tudo o que vejo me parece novo, como se estivesse vendo pela primeira vez. Como se eu olhasse de outra maneira. Freio quando o semáforo está amarelo. Em outro momento da minha vida eu teria continuado sem esperar pelo vermelho. Abro a janela e o ar fresco me conforta. Há uma banca na calçada, com capas de jornais e revistas, e de repente, por trás dela, surge um homem. Eu quase não o reconheci, se não fosse por seu andar. É Carlos. Meu coração acelera, mas não perco o controle, como pensei que perderia naquele momento. Minha tia ainda está falando no banco do passageiro, mas não consigo escutar nada do que ela diz. Carlos está prestes a cruzar na frente do meu carro, folheando o jornal aberto. É o seu andar, mas é como se não fosse ele. Não podia ter passado metade da minha vida esperando que aparecesse esse homem que não conheço mais, não é possível. Eu o observo, enquanto se afasta absorto em seu jornal, e surpreendentemente não sinto nada. Digo a mim mesma que é Carlos, mais de uma vez, mas meu corpo não responde. Não reage.

— O sinal está verde... — diz minha tia.

E acelero. Acelero e me afasto de Carlos novamente, mas sinto que desta vez estou fazendo isso de verdade, de maneira definitiva. Um dia falarei sobre isso com esse homem que passou na frente do meu carro, disse isso à Maite e o farei, mas nunca mais encontrarei Carlos, não aquele que eu conhecia. Olho para cima no espelho retrovisor e vejo minha testa e meus olhos. Ele também nunca mais verá a Nerea que conhecia. Estará diante de uma Nerea diferente. Aquela que ele guarda em sua memória não existe mais.

Chegamos ao hospital. Depois de ver Carlos, sinto-me revitalizada, com força, como se tivesse tirado um peso dos ombros. Chegou a hora de colocar em ação o plano que preparamos ontem com a ajuda de Pili para tirar minha mãe do hospital sem que os médicos descubram. Nós a vestimos, penteio seus cabelos recém-tingidos por sua irmã. A transformação é incrível. Sem a roupa do hospital e vestida, ela se parece outra pessoa.

— Você está linda — digo enquanto a coloco em uma cadeira de rodas.

Pilar está nos observando constantemente. É como se também quisesse sair do hospital, como minha mãe vai fazer. Mas não diz nada. Antes de sair do quarto, digo adeus a Pili e a Pilar. Desejo-lhes sorte e emudeço. Quero lhes dizer mais, mas as palavras não saem. Pili também não diz nada, o que é estranho. Eu a abraço e depois pego na mão de sua mãe, Pilar.

— Adeus — digo.

Ela não me responde, apenas me olha fixamente. Mas, quando me viro para me dirigir à porta, ouço sua voz profunda atrás de mim.

— Boa sorte — diz ela, e, como tudo que fala, me parece que suas palavras têm o peso de uma pedra.

Me viro e sorrio para ela. Gostaria de agradecê-la, mas algo está enfiado em minha garganta, como um punhal, e não consigo falar. No corredor, empurro lentamente a cadeira de rodas em direção à área dos elevadores, como se eu estivesse passeando. Tia Dolores está me esperando lá, olhando de um lado para o outro, e acena com o braço para que eu avance, que eu me aproxime. Ao chegarmos aos elevadores, ouvimos a voz de Pili chamando a enfermeira da porta do quarto. A enfermeira chega perto dela e, depois de ouvir o que diz, dá de ombros, como se dissesse que não sabe de nada. Olha para trás e chama por outra enfermeira.

Pili move os braços para cima e para baixo enquanto fala com as enfermeiras.

— Ontem vocês me disseram que minha mãe começaria uma nova medicação hoje e até agora não trouxeram nada — reclama Pili.

As enfermeiras lhe perguntam quem lhe disse isso, e agora é Pili quem dá de ombros. Olha para o teto e finge que tenta lembrar o nome da enfermeira:

— Como era mesmo?

Uma terceira enfermeira é chamada, e é então que, aproveitando a situação, corremos para um dos elevadores com minha mãe. Não consigo segurar o riso no elevador, pensando sobre a inventividade de Pili. Ontem apenas nos disse para ficarmos calmas, que ela daria um jeito de entreter o pessoal.

Ao acomodarmos minha mãe no carro, eu me sinto terrível, como se estivesse fazendo algo proibido, como se estivesse roubando. Será que minha mãe está percebendo alguma coisa? Seus olhos estão bem abertos. Acho que sente que algo estranho está acontecendo. Percebe a velocidade com que bate meu coração e o da tia. Nós a colocamos ao meu lado, no banco do passageiro, e por um momento acho que tudo vai dar errado, lembrando das palavras do médico, seus avisos. Talvez estejamos fazendo algo muito perigoso para minha mãe.

Acelero. Não dá para engatar a marcha a ré.

— Vamos embora — digo em voz alta, tentando desatar o nó que está em mim. — Vamos, *ama*, ao farol, enfim.

Minha mãe olha pela janela, para a rua, para as pessoas que aparecem e desaparecem rapidamente, para os carros fugazes que passam por nós. À medida que avançamos, eu me pergunto o tempo todo se estamos agindo bem. Posso imaginar tia Bittori no restaurante nos repreendendo, nos perguntando o que estamos fazendo, que somos cabeça de vento. Olho para tia Dolores pelo retrovisor. Ela sorri enquanto olha pela janela. De vez em quando, aproxima-se da irmã e sussurra para ela que enfim vamos para o farol, que enfim ela poderá sentir o cheiro do mar.

Depois de alguns quilômetros na rodovia, entramos em uma estrada estreita e sinuosa. Esse é o caminho para o litoral. Até esse momento, tenho olhado para minha mãe de vez em quando, mas com as curvas não consigo mais tirar os olhos da estrada. E, ao entrar em uma delas, ouço uma frase que me arrepia até os ossos:

— Sobrevivemos a mais uma!

Por um momento, pensei que fosse tia Dolores, mas, quando olhei para ela pelo retrovisor e vi seu rosto pálido e seus olhos cansados, percebi que foi minha mãe que falou. De repente, lembro-me da cena de meu pai, minha mãe e minha tia, quando jovens, dirigindo ao longo da estrada costeira. E me arrepio toda. Olho para minha mãe e a vejo exatamente como ela estava há um segundo, com os olhos fixos na estrada, como se não tivesse dito nada.

E, a partir daí, sinto que o carro dirige sozinho, como se soubesse o caminho para o farol. E lembro-me de uma imagem que sonhei um dia. Um carro circulava por uma estrada sinuosa, deixando uma trilha dourada atrás dele. Olho no retrovisor para ver se estamos deixando um rastro dourado, para ver se o pó dourado da Sininho está saindo do escapamento, e vejo algo brilhante. Mas talvez não seja nada mais que o reflexo do sol sobre o metal.

XXXIII

Se alguém olhar do mar, de um pequeno barco, por exemplo, verá três mulheres ao lado do farol observando o horizonte. Estão paradas em frente ao penhasco, pousadas como gaivotas nas rochas, o corpo projetado tão à frente que parece que vão saltar a qualquer momento. A mulher no meio está sentada em uma cadeira de rodas. Somos minha mãe, minha tia e eu.

Se alguém olhar da terra, dos meus olhos, por exemplo, verá de frente o mar amplo, repleto de barquinhos que balançam como berços sobre as ondas, e do lado verá minha mãe. O vento tirou seus cabelos do rosto, e de seu pescoço sai uma espécie de serpente que parece querer escapar. É a echarpe que colocamos nela para protegê-la do frio, a mesma que ontem levei ao nariz, na casa dela, em busca do cheiro de minha mãe. Depois de tanto tempo entre bolas de cânfora, ela reviveu e parece querer fugir movendo-se em zigue-zague.

Ficamos paradas, como rochas, até vermos uma grande onda se aproximando. Quando a onda atinge a terra, as gaivotas saltam das rochas e fazem um barulho ensurdecedor. Naquele momento, sinto a mão da minha mãe segurando a minha. Uma segunda onda atinge as rochas, e, com a mão fria da minha mãe, sinto a onda quebrar sob meus pés. E quando a terceira onda, que é sempre a mais forte, se transforma em espuma, minha mãe aperta minha mão com força, e só então parece que ouço sua voz, mesmo que ela não tenha aberto a boca. Ela me diz: "Levante a cabeça, Nerea", e me lembro das suas mãos erguendo meu queixo. Obedeço à voz que não sei bem de onde vem e olho para o horizonte, de cabeça erguida, com o queixo afastado do peito. O gesto me lembra o de Bittori na fotografia tirada no restaurante Izaguirre. Enquanto ela olhava para a câmera, eu olho desafiadoramente para o mar sem fim. E, naquele exato momento, percebo que não olhava para o mar assim desde criança. Desde a época em que eu construía castelos de areia na praia para enfrentar as ondas que me ameaçavam. Então, dentro do barco de areia construído com minhas mãos, enfrentava o mar sem medo, mesmo sabendo que as ondas acabariam destruindo tudo. Apesar disso, defendia meu pequeno reino com unhas e dentes. Com dentes cerrados. Assim como o defendo aqui hoje, de cabeça erguida, graças à minha mãe.

Minha mãe solta minha mão e suspira, como se suspira ao terminar um trabalho. Olho para suas mãos, agora descansando sobre os joelhos, e suas veias, que parecem estradas curvas, e sorrio, porque sinto que finalmente, depois de tanto olhar para elas, as mãos da minha mãe falaram comigo, assim como um dia eu achei que falariam.

Sobre a autora

Karmele Jaio Eiguren (Vitoria-Gasteiz, 1970) é autora de três livros de contos — *Hamabost zauri* [Feridas crônicas] (2004), *Zu bezain ahul* [Tão fraco quanto você] (2007) e *Ez naiz ni* [Não sou eu] (2012) —, três romances — *As mãos da minha mãe* (2006), *Musika airean* [Música no ar] (2010) e *A casa do pai* (2019), que em 2020 recebeu o Prêmio Euskadi de Literatura, o maior do País Basco —, e um volume de poesia, *Orain hilak ditugu* [Agora que estamos mortos] (2015). *As mãos da minha mãe* ganhou inúmeros prêmios, tornou-se um dos livros mais lidos da literatura basca e, em 2018, foi adaptado para o cinema e apresentado no Festival Internacional de San Sebastián; a tradução para o inglês recebeu o English Pen Award. As histórias de Karmele também foram levadas ao teatro e selecionadas para, entre outras, as antologias *Best European Fiction 2017* (Dalkey Archive Press) e *The Penguin Book of Spanish Short Stories* (Penguin Classics).

© 2023 by Editora Instante
© 2021 by Karmele Jaio Eiguren

Las manos de mi madre by Karmele Jaio. Publicada sob acordo especial com The Ella Sher Literary Agency e Villas-Boas & Moss Agência Literária. Todos os direitos reservados. Proibida a reprodução total ou parcial sem a autorização prévia dos editores.

Direção Editorial: **Silvio Testa**

Coordenação Editorial: **Carla Fortino**
Revisão: **Andressa Veronesi** e **Fabiana Medina**
Capa: **Fabiana Yoshikawa**
Diagramação: **Estúdio Dito e Feito**
Imagens: **Branimir76/Getty Images/iStock** (1ª capa e orelha), **Unaihuiziphotography/Getty Images/iStock** (4ª capa e orelha) e **issalina/Getty Images/iStock** (verso da capa)

1ª Edição: 2023

Dados Internacionais de Catalogação na Publicação (CIP)
(Angélica Ilacqua CRB-8/7057)

Jaio, Karmele.
  As mãos da minha mãe / Karmele Jaio ; tradução de Fabiane Secches. — 1ª ed. — São Paulo: Editora Instante: 2023.

  ISBN 978-65-87342-45-0
  Título original: Las manos de mi madre

  1. Ficção basca I. Título II. Secches, Fabiane

23-3071	CDD 899.92
	CDU 82-3(437.6)

Índices para catálogo sistemático:
1. Ficção basca

Direitos de edição em língua portuguesa exclusivos para o Brasil adquiridos por Editora Instante Ltda. Proibida a venda em Portugal, Angola, Moçambique, Macau, São Tomé e Príncipe, Cabo Verde e Guiné-Bissau.

Texto fixado conforme o Acordo Ortográfico da Língua Portuguesa de 1990, em vigor no Brasil a partir de 2009.

www.editorainstante.com.br
facebook.com/editorainstante
instagram.com/editorainstante

As mãos da minha mãe é uma publicação da Editora Instante.

Este livro foi composto com as fontes Arnhem e Apparat e impresso sobre papel Pólen Natural 70g/m² em Edições Loyola.